Wish you

나의 마음속 너의 멜로디

위 시 유

물병자리 지음
성도준 원작

STUDIO:ODR

그날, 파도 소리

파도 소리가 들렸다.

분명 남쪽 바다의 파도 소리였다. 이상한 일이었다. 이어폰을 낀 채 음악을 들으며 길을 걷고 있는데 난데없이 파도 소리라니. 여기는 도시 한가운데고, 바로 옆 도로에선 자동차 클랙슨 소리가 쉼 없이 이어지고 있었다. 그런데도 마치 바다 앞에 홀로 서 있는 듯 설레고, 고요하고, 그리운 마음이 들었다.

눈앞에 그가 있었다.

기타를 치며 노래를 부르고 있었다. 손가락이 기타 줄을 스쳐 지나갈 때마다 음들이 공중에서 하얀 포말처럼 부서졌다. 걸음을 멈추고 그의 노래를 들었다. 바다로 한 걸음 한 걸음 들어가듯 두 눈이 저절로 그에게로 향했다.

그의 눈, 그의 코, 그의 입술, 그의 목, 그의 손. 그리고 그의 음성.

그가 나를 보았다. 그 순간 그의 목소리는 세상에 단 하나밖에 없는 노래가 되어 내 귀에 와닿았다. 그를 만난 날, 비로소 내 삶의 수레바퀴가 움직이기 시작했다.

차례

01 너의 이름은

도시의 거리 위로 부드러운 밤이 내렸다. 도로는 집으로 향하는 자동차 헤드라이트 빛으로 가득 차 있었다. 여느 때처럼 일을 마치고 나온 상이는 집으로 발걸음을 옮겼다. 서두르면 집으로 가는 버스 막차 시간에 맞출 수 있을 것 같았다. 습관처럼 이어폰을 끼고 스마트폰의 플레이 리스트를 재생했다. 요즘 한참 빠져 듣는 발라드에 귀를 맡기고 버스 정류장을 향해 걷는데, 문득 익숙한 멜로디 위로 낯선 목소리가 겹쳐 들려왔다.

─거친 숨을 내쉬며 너에게 달려가고 있어.

마음을 잡아끄는 목소리였다. 소리가 들려오는 방향으로 고개가 자연스럽게 향했다. 상이의 시선이 닿는 곳에 처음 보는 남자가 노래를 부르며 서 있었다.

'버스킹?'

촬영하는 한 사람을 제외하면 관객이라고는 아무도 없는 무대. 조명이 꺼진 어두운 상점 앞, 흐릿한 가로등 빛을 조명 삼아 나지막이 울리는 목소리에 걸음이 저절로 멈췄다. 상이는 홀린 듯 두 귀에서 이어폰을 뺐다.

— 따뜻하게 빛나던 그 눈빛으로.

노래를 부르던 그와 눈빛과 마주치는 순간, 사고가 정지해 버리고 말았다.

— 멀리 가지는 말아줘. 우리 기억을 따라서 너와 함께 걸었던 그곳으로….

자신을 바라보는 부드러운 눈빛. 자신에게만 속삭이는 것 같은 감미로운 목소리. 기타 줄을 튕기는 길고 섬세한 손가락. 그 어느 것 하나에서도 눈을 뗄 수 없었다. 세상의 모든 움직임이 멈추고 오롯이 그와 자신, 그리고 음악만이 존재하는 것 같았다.

— I wish for you. 단 한 순간도 널 놓치지 않을 거야.

막차를 잡아야 한다는 사실마저 까맣게 잊어버렸다. 그의 음성이 울려 퍼지는 곳에서 한 발자국도 움직이지 못한 채 상이는 그의 노래를 들었다.

― 아무 말 하지 않아도 우린 느낄 수 있었지. 많은 날들을 함께할 거란 걸….

'다시 만날 수 있을까? 꼭 다시 한번 보고 싶은데….'

상이는 멍하니 창밖을 내다보았다. 흔들리는 버스 안에서 바라보는 거리의 불빛은 언제 봐도 예뻤다. 어릴 때부터 반짝이는 불빛에 저도 모르게 시선을 뺏기곤 했다. 반짝이는 불빛은 마음을 쉬이 흔들었다. 마음이 흔들리는 동시에 묘하게 안정되었다.

그가 부르던 노래도 불빛을 닮았다. 반짝이지만 애잔하고, 서늘하면서도 아름다운. 간절히 바라지만 가까이 다가가면 사라질 것 같아 그저 멀리서 바라보게 되는 불빛처럼, 마음을 끌어당기는 특별한 것이 있었다. 상이는 어제의 기억을 떠올렸다.

여느 날과 다를 바 없는 평범한 날이었다. 아침 일찍 집을 나섰고, 음악을 들었고, 사람들과 대화를 나눴고, 조금 웃었고, 약간 침울했고, 바쁘게 아르바이트를 했고, 허둥대며 실수를 했고, 몇 번인가 고개를 숙였고, 어떤 예감도 없이 집으로 돌아가던 중이었다. 그러다 그를 만났다. 만남이라고 하기엔 급작

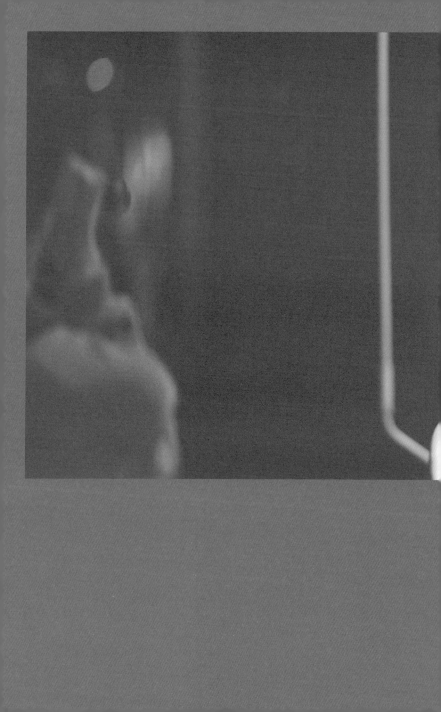

거친 숨을 내쉬며 너에게 달려가고 있어.

따뜻하게 빛나던 그 눈빛으로.

멀리 가지는 말아줘. 우리 기억을 따라서

너와 함께 걸었던 그곳으로….

스러운, 교통사고 같은 순간이었다.

'만남이라니…'

헛웃음이 났다. 만남이라고 할 수도 없는 마주침이었다. 일방적으로 그의 노래를 들었을 뿐이다. 그의 노래를 듣는 순간 다른 일은 완벽하게 잊고 말았다. 다시 생각해도 이상한 일이다. 음악을 좋아하긴 하지만 그렇게까지 몰입해서 들은 경험은 처음이었다. 이상한 일은 또 있었다. 아무리 생각해도 이해가 가지 않았다.

'분명 파도 소리였어.'

그립고 그리운 남쪽 바다의 파도 소리. 미치지 않고서야 도시 한가운데에서 파도 소리를 들을 리 없건만, 그가 시선에 들어오는 순간 분명 어딘가에서 파도 소리가 났다.

'그래서! 어쩌라고.'

스스로 생각해도 답답했다. 파도 소리가 들렸든 아니든, 길에서 한 번 본 사람을 이렇게까지 생각할 일이냔 말이다. 정작 그는 자신을 보지도 않았는데.

'아냐, 그래도 눈이 마주쳤다고.'

여기까지 생각하다가 어이가 없어서 또 한 번 웃고 말았다. 그렇게까지 뚫어지게 쳐다봤는데, 눈이 안 마주치면 그게 더 이상한 일이었다.

'그 노래, 진짜 좋았는데.'

우연히 거리에서 만난 버스커에게, 아니 버스커의 노래에 이렇게까지 빠질 줄은 몰랐다. 단순히 마음을 끄는 것 이상의 매혹이라고나 할까.

'이럴 줄 알았으면 이름이라도 물어볼걸.'

깊은 한숨이 나왔다. 한숨으로 바닥을 팔 수 있다면 어젯밤부터 지금까지 지하 3천 미터쯤은 팠을 것이다. 그의 노래에 흠뻑 빠져 숨조차 제대로 쉬지 못했으니 이름을 물어본다는 건 생각조차 못 했다. 이름 하나 안다고 인연이 생기는 것도 아니고, 이름 하나 안다고 친구가 될 것도 아닐 테지만 그래도 역시 이름을 물어볼걸 그랬다.

'이름만 알았다면…'

며칠 밤을 새워서라도 기필코 그의 영상을 찾아냈을 거다. 그만큼 그의 노래는 마음을 송두리째 흔들었다. 흔들리는 마음의 정체가 뭔지는 모르겠지만, 노래를 부르던 그의 모습을 떠올리면 손끝이 파르르 떨렸다. 지금도 그렇다. 단지 그의 음성을 떠올렸을 뿐인데 전기라도 통한 듯 손 전체가 파르르, 파르르 떨리고 있었다.

'어⋯ 어라? 이게 무슨 일이지?'

진짜였다. 상상인가 했는데 진짜로 손끝이 떨리고 있었다. 얼떨떨한 마음으로 주위를 살펴보다가 뒤늦게 떨림의 근원지를 찾았다. 핸드폰 진동음이었다. 서둘러 전화를 받았다.

"네, 정기 형! 저도 다 와가요. 정아 누나도 왔어요? 네, 금방 갈게요."

시계를 보니 약속 10분 전. 오늘 연습할 곡을 떠올려봤지만 다시 그 노래가 뇌리를 맴돌았다. 그날 딱 한 번 들었을 뿐인데 마치 수만 번 들었던 것처럼 머릿속에서 자동 재생되는 노래.

'그를 다시 만날 수 있을까?'

버스가 멈출 때까지 거리의 버스커가 상이의 머릿속을 온통 휘저었다.

"여긴 이런 식으로 연주하면 어때?"

"좋은데요. 그럼 화음은 이렇게 쌓아볼까요?"

"와, 상이야. 그거 좋다. 언제 이런 걸 생각했어?"

"우리 상이가 편곡을 참 잘해."

밴드 멤버는 상이를 포함해 세 명이었다. 콘트라베이스를 맡은 정기는 밴드의 리더였고, 반도네온 연주자인 정아는 유학을 앞둔 실력파였다. 이날따라 정기가 상이의 편곡을 유난히 칭찬했다. 편곡이 마음에 든 것은 정아도 마찬가지였다.

그러나 상이의 마음은 이상하게 무감했다. 연습은 나쁘지 않았다. 오히려 다른 날보다 더 순조로웠을지 모른다. 그런데도 뭔가 빠진 듯 평범하고, 평범하고, 평범하게 느껴졌다. 특별히 나쁘진 않지만 뭔가 굉장히 좋지도 않은 기분이랄까. 상이는 그 이유를 알았다. 연습하는 내내 정신이 딴 데 팔려 있었기 때문이다. 손가락은 건반 위를 오르락내리락했지만 마음은 붕 떠 있었다. 거리의 버스커가 노래하는 모습이 머릿속을 떠나지 않았다.

'연습을 끝내고 늦게라도 가볼까?'

'가서 어쩔 건데?'

'어쩌긴. 그냥 한 번 더 가보는 거지.'

'그러니까. 그래서 어쩔 거냐고.'

그가 노래하던 장소에 다시 찾아갈지 말지를 두고 상이의 마음 안에서 100분 토론이 장렬하게 벌어졌다. 그러나 밤샘 끝장토론을 한들 결론이 날 것 같진 않았다. 간다면 정말 어쩔 것인가. 그를 한 번 더 만나고 싶지만 막상 만나면 또 어쩔 것인가. 우연히 들은 그의 노래가 너무 좋아서 무턱대고 유튜브 버스킹 영상을 뒤져봤지만, 이름도 모르는 사람을 찾아낼 순 없었다. 다음 날 바로 같은 자리에 찾아가 한 시간 넘게 기다려도 그는 나타나지 않았다. 버스킹 장소를 옮겼는지도 모른다. 기적이 일어나지 않고서야 다시 만날 일은 없을 터였다.

"오늘은 한 곡만 더 하고 연습 끝낼까?"

정기의 말에 정아가 고개를 끄덕였다. '정' 자가 들어가는 이름 때문인지 두 사람은 남매가 아닌데도 남매처럼 닮아 보일 때가 있었다.

"상이야. 괜찮아?"

"전 좋아요."

"아니, 그게 아니고 너 오늘 좀…."

"앗, 미안해요. 누나. 제가 오늘 좀 그렇죠? 아르바이트 때문에 피곤했나 봐요."

"기획사 아르바이트는 할 만해?"

"배우는 게 엄청 많아요."

"그만큼 할 일도 많다는 뜻이지? 오늘 좀 일찍 끝낼까?"

정아의 말끝에 걱정이 묻어났다.

"아니에요. 우리 마지막 공연도 얼마 안 남았는데, 얼른 맞춰봐요."

상이는 일부러 '솔' 음으로 목소리 톤을 높여 명랑하게 말했다. 정기도 정아도 귀한 시간을 쪼개서 하는 연습이었다. 그러니 폐를 끼칠 순 없었다. 상이는 이 두 사람을 거리에서 버스킹하던 중 우연히 만났다. 마음이 통해 팀을 꾸리고 함께 호흡을 맞춰온 지 3년이 다 되어갔다. 주기적으로 버스킹을 했고, 연습도 꾸준히 했다. 오늘 연습한 곡은 다음 버스킹 때 처음 선보일 노래였다. 남들이 알아주든 알아주지 않든, 팀의 음악적 성취는 어마어마하다! …라고 말할 수 있다면 좋겠지만, 과연 상업적으로 성공할 정도인지는 확신할 수 없었다. 게다가 정아의 유학으로 곧 마지막 공연을 앞두고 있었다.

'형이랑 누나는 지금 당장 레이블 녹음을 해도 될 실력이지. 그런데 난? 과연 내가 음악으로 먹고살 수 있을까?'

상이는 정직하게 고개를 저었다. 노래를 부르고 싶어서 기획사 이곳저곳을 찾아다니며 오디션에 참가했지만, 돌아오는 대답은 전부 뜨뜻미지근했다. 그러다가 음악을 조금 더 배워보고 싶은 마음에 기획사 아르바이트를 시작하게 되었다.

스물넷.

아직은 젊었고 뭐든지 할 수 있을 것 같은 나이였다. 뮤지션을 꿈꾸며 음반 기획사의 계약직 막내로 사는 일이 생각보다 쉽지는 않았지만, 좋은 사람들과 함께 일한다는 것, 무엇보다 음악과 관련된 일을 한다는 사실만큼은 만족스러웠다.

'그래, 노래로 먹고살려면 그 사람 정도는 되어야…'

어느새 머릿속에서 그날 밤 풍경이 펼쳐지고 있었다. 상이가 딴생각을 하는 사이 정아가 정기에게 슬쩍 눈짓했다. 모데라토로 흐르던 선율이 안단테에 가까워졌다. 박자를 놓친 상이를 위한 멤버들의 배려였다. 뒤늦게 깨달은 상이가 황급히 키보드 건반으로 시선을 돌렸다.

'와, 바보! 박자를 놓치다니. 지금은 연습 중이라고. 연습은 연습. 버스커는 버스커!'

그렇다. 연습은 연습이고 버스커는 버스커였다. 상이는 힘차게 고개를 끄덕였다. 그러다 방금 전 자신이 속으로 한 말을 깨닫곤 한 방 맞은 얼굴이 되고 말았다.

'뭐… 뭐야? 내가 지금 뭐라고 한 거야? 뜬금없이 버스커가 왜 나오냐고!'

상이의 소리 없는 절규에 아랑곳하지 않고 정기가 콘트라베이스의 음 하나를 퉁겼다. 거기에 맞춰 정아의 반도네온 선율이 흘렀다. 앞서거니 뒤서거니 하면서 만들어가는 음악은 두 사람이 사이좋게 산책하는 풍경 같았다.

'집중하자, 집중!'

상이는 심호흡을 하고 눈앞의 악보를 보았다. 이름도 모르는 버스커 생각은 떨쳐버리고 지금 눈앞의 음에 집중하고 싶었다. 그러나 연주를 하면 할수록 한 가지가 확실해졌다. 오늘 연습은 망했다는 것. 머릿속에 떠도는 노래는 오직 그 노래 하나뿐이라는 것.

그의 이름은 알지 못해도 그의 노래는 선명하게 기억이 났다. 상이는 지난 주말 내내 집에 틀어박혀 기억나는 대로 코드를 땄다. 그렇게라도 노래를 잡아두고 싶었다. 그러나 악보 위에 그려진 음표는 한낱 기호에 불과할 뿐, 그날 들었던 파도 소리는커녕 어떤 감동도 되살아나지 않았다. 시간이 지날수록 그 노래를 그의 음성으로 직접 듣고 싶다는 마음만 간절해졌다.

'휴, 진짜 이게 뭐 하는 짓이냐.'

상이는 버스 창밖을 멍하니 바라보았다. 작은 공터를 발견할 때마다, 골목을 지날 때마다, 한적한 장소를 찾을 때마다 눈이 커졌다.

'혹시 저기가 그의 새로운 버스킹 장소가 아닐까?'

그러다 고개를 마구 흔들었다. 틈만 나면 그날 밤 장면이 생각났다. 생전 처음 보는 사람에게 특별한 감정이 생겨서일 리는 없었다. 그저 아쉬움이 남아서일 것이다. 한 번밖에 듣지 못한 노래에 대한 아쉬움. 그 노래를 다시는 들을 수 없다는 사실에 대한 서운함.

'진짜 미치겠네. 딱 한 번만 더 볼 수 있다면⋯.'

그게 불가능한 일이라는 것을 알면서도 바라는 자신이 우스웠다. 넋 놓는 순간이 되면 언제나 기억은 그날 밤으로 돌아가 그 거리를 헤매고 있었다. 기분 전환이 필요했다. 핸드폰에 저장된 노래를 찾아 이어폰을 귀에 꽂았다. 흥겨운 멜로디가 제법 흥을 돋우었다. 음악을 따라 흥얼거리고 있는데 핸드폰 화면이 반짝 빛났다.

○○ 은행

계좌 입금 안내

10:30 351-＊＊＊＊-6374-42

1,353,800원 입금

월급이 입금되었다는 알림이었다. 한 달 동안 열심히 살았다는 증거였다. 열심히 일한 보람이랄까, 통장 잔고가 든든해졌다는 안도감이랄까. 핸드폰 메시지를 보고 있자니 절로 웃음이 나왔다. 조금은 마음이 가벼워졌다. 마침 이어폰에서는 새로운 노래의 전주가 흐르기 시작했다. 평소 자주 듣는 영화 주제가였다.

'그래, 나를 영화의 주인공이라고 생각하자.'

그러자 정말로 자신이 영화의 주인공이 된 듯한 기분이 들었다. 지루한 현실이 막을 내리고 새로운 세상의 막이 오를 것 같았다. 예를 들면 이름도 모르는 버스커를 다시 만난다든가.

그러나 상상은 음악이 흐르는 동안에만 지속될 뿐, 현실에서 그런 일이 생길 리는 없었다. 산타클로스 할아버지의 정체가 사실은 아빠라는 것을 알게 된 다섯 살 이후로, 꿈과 현실 사이엔 서울과 뉴욕의 거리만큼이나 먼 간극이 존재한다는 사실을 상이 또한 누구보다 잘 알고 있었다. 그래도 아직 음악은 끝나지 않았고 상상에 돈이 드는 것도 아니다. 어차피 다음 정거장에서 내리면 현실로 돌아가야 하는데 마음껏 상상한들 뭐 어떠랴. 노래는 어느새 클라이맥스를 향해 가고 있었다. 영화 속 한 장면이 떠오르자 저절로 미소가 나왔다.

'이 부분에서 두 사람이 재회했지!'

상이는 별생각 없이 창밖을 바라보았다. 버스의 속력이 서

서히 줄어듦과 동시에 올라갔던 상이의 입꼬리도 천천히 아래로 내려왔다.

'우아아, 거짓말!'

눈으로 직접 보면서도 현실인지 믿을 수가 없었다. 상이는 창밖으로 시선을 고정한 채 몇 번이나 눈을 껌벅였다. 윤기 나는 검은 머릿결이 바람에 살짝 나부끼고 있었다. 외로움을 많이 탈 것 같은 눈이 반달처럼 휘어져 웃는 얼굴을 그리고 있었다.

'그 사람이다!'

정류장에 서 있는 사람은 분명 그날 밤의 그 사람이었다. 어두운 밤에 딱 한 번 본 얼굴이었지만 단박에 알 수 있었다. 옆 사람과 대화를 나누던 그가 버스가 멈추자 무심코 상이 쪽으로 시선을 돌렸다. 상이는 자기도 모르게 창문 뒤로 몸을 빼고 말았다.

'뭐야, 내가 왜 숨어?'

심장이 빠르게 뛰기 시작했다. 가슴에 손을 얹어 박동을 느껴보았다. 아무리 그를 다시 만나고 싶었다지만, 이렇게까지 심장이 뛰다니. 상이는 고개를 살짝 내밀어 버스 정류장에 있는 두 사람을 바라보았다.

"야, 왔다."

기다리던 버스가 들어오고 있었다. 인수는 민성의 어깨를 툭툭 치며 말했다. 자신을 위해 일부러 버스킹 영상을 찍어 올리는 민성이 인수는 한없이 고마웠지만, 그 마음을 몇 마디 말로 전하기는 어렵기도 하거니와 무엇보다 쑥스러웠다. 인수는 살면서 누군가에게 자신의 마음을 표현해본 적이 별로 없었다. 말로 표현하지 못하는 마음을 행동으로 덤덤히 옮길 뿐이었다.

"뭐야? 오늘 되게 낯설어. 배웅까지 다 해주고."

민성은 낯설게 인수를 바라보았다. 십 년 넘게 다져온 우정인지라 민성은 인수의 일이라면 소매는 물론 웃통까지 다 걷어 올리며 나설 각오를 했지만, 인수는 살갑게 곁을 내주는 성격은 아니었다. 민성은 자신이 인수의 가장 친한 친구라는 생각에 한 치의 의심도 품지 않았다. 그래도 인수는 늘 한 걸음 떨어져 있는 듯한 존재였다. 그런데 오늘은 몸소 배웅까지 해주니 무슨 바람이 불었나 싶었던 것이다.

"자식, 이런 날 한잔하지."

아직 미련이 남은 눈길로 인수를 바라보는 민성과 달리 인수는 산뜻하게 손을 흔들었다. 며칠 전 찍은 영상의 편집을 끝낸 날이었다. 민성은 한걸음에 달려와 인수에게 보여주었다. 영상을 본 인수도 만족스러운 얼굴이었다. 마지막 엔딩만 조금 더 손을 보고 오늘 밤에라도 당장 영상을 올릴 작정이었다. 이렇게 재능 있는 친구의 노래를 더 많은 사람들이 들어주길 바라는 마음에 스스로 매니저를 자청한 민성이었다.

"조만간 꼭 한잔하자."

"알았어. 가라, 고생했다."

"그래. 너도 고생했어."

민성은 미련이 남았지만 버스에 올라탔다. 민성이 상이 쪽으로 성큼성큼 걸어오더니 갑자기 상이가 앉은 좌석의 창문을 열었다. 상이는 토끼처럼 놀란 눈을 한 채 급히 몸을 뒤로 뺐다.

"야, 강인수! 들어가서 영상 꼭 확인해봐. 또 너무 감동받지 말고."

"알았어. 가라."

'강인수. 저 사람 이름이 강인수구나.'

상이는 얼른 핸드폰 메모장을 켜 강인수라고 적었다.

'강인수. 강인수.'

속으로 몇 번씩 그의 이름을 되뇌었다. 이름과 잘 어울리는 얼굴이라고 생각했다. 버스 정류장에 서 있는 인수를 바라보았다. 인수도 상이를 바라보았다. 눈이 마주쳤나 싶은 순간 인수가 환하게 웃으며 자신 쪽으로 손을 흔들자 상이는 그대로 숨이 멎을 뻔했다.

"야! 잊지 말고 영상 꼭 확인해!"

"알았다니까. 들어가!"

인수의 미소는 상이를 향한 게 아니었다. 민성에게 보내는 인사였다. 상이는 다행이라는 안도감을 느끼면서도 실망하는 자신이 당혹스러웠다. 민성은 몇 번이나 인수를 향해 손을 흔들었고, 버스가 출발하자 상이에게 실례했다며 고개를 숙였다. 민성이 뒷자리로 간 후에야 상이는 숨을 내쉬었다.

'강인수.'

상이는 괜스레 웃음이 났다. 자기가 왜 웃는지도 몰랐다. 그냥 좋았다. 그냥 기뻤다. 그의 이름을 알게 된 것만으로도 세상을 다 얻은 듯 행복했다.

버스 정류장에 서 있는 인수를 바라보았다.
인수도 상이를 바라보았다. 눈이 마주쳤나 싶은 순간
인수가 환하게 웃으며 자신 쪽으로 손을 흔들자
상이는 그대로 숨이 멎을 뻔했다.

02 너의 눈동자

"자자, 오늘 다들 너무 고생했고, 우리 지금 진행하는 프로
젝트도 앞으로 열심히 준비하기. 오케이?"

고음으로 힘차게 뻗어나가는 소리에 맞춰 상이는 잔을 들
어 올렸다. 아르바이트하는 기획사의 회식 날이었다. 힘찬 목
소리의 주인공은 유진 대리였다. 상이의 사수나 다름없는 사
람이었는데 옆으로 쭉 찢어진 눈매는 매서웠지만 시원시원한
성격에 뒤끝도 없고 무엇보다 일을 끝내주게 잘했다.

여기저기에서 다 같이 잔을 들어 올리며 "오케이" "원 샷!"
하는 소리가 울려 퍼졌다. 이번엔 서 팀장이 자리에서 일어났
다. 무서운 속도로 술을 마시기로 유명한 서 팀장은 1차 때부
터 이미 술에 취해 있었지만 목소리만큼은 우렁찼다.

"자, 정시 출근을 위하여!"

말이 끝나기 무섭게 야유가 터졌다.

"살려주세요!"

"아우, 정시 출근은 못 합니다!"

"너무해요!"

그러나 서 팀장은 꿋꿋했다. 전날 아무리 술이 떡이 되도록 마셔도 한 치의 오차 없이 정확하게 정시 출근을 하는 사람다웠다.

"내가 다 지켜볼 거야!"

서 팀장의 말에 또 한 번 원성이 쏟아졌다. 회식 때마다 벌어지는 흔한 풍경이었다. 매번 같은 장면을 반복하는 사람들이 더 신기할 정도였다. 팀원들은 이미 1차 때부터 오늘 마시고 죽겠다는 사람들처럼 술잔을 가득 채우고 비우고 채우고 비웠다.

술잔을 테이블에 그대로 둔 채 상이는 슬그머니 자리에서 일어났다. 밖으로 나와 찬 공기를 마시자 어질어질하던 머리가 맑아졌다. 술을 못하기도 했지만, 아르바이트생인 자신이 어디까지 어울려야 할지 망설여지기도 했다. 사람들은 좋아하지만 자리는 어색했다. 2차까지 따라온 이유도 적당히 거절

하지 못하는 성격 때문이었다.

조금만 바람을 쐬고 들어갈 요량이었지만 사실은 답답해서 나온 게 아니었다. 노래를 듣고 싶어서였다. 핸드폰을 꺼내 플레이 리스트를 누르자 익숙한 음악이 흘러나왔다. 인수의 노래였다.

'아, 진짜 너무 좋다.'

그를 버스 정류장에서 다시 본 날, 집으로 가는 길에 바로 강인수를 검색했다. 상이의 자취방은 버스 정류장에서 꽤 떨어진 골목길 언덕 위에 있었다. 집으로 향하는 길고 높은 계단을 한 걸음 한 걸음 찬찬히 오르며 인수를 떠올렸다. 그날따라 가로등 불빛이 유난히 아름다웠다. 뒤돌아 내려다본 도시의 야경도 새로웠다. 검색 결과를 하나하나 넘기며 확인하던 중 채널 이름 하나가 눈에 들어왔다.

'강인수's 뮤직박스.'

망설임 없이 영상을 클릭했다. 조금 전 버스 정류장에서 보았던 그의 얼굴이 핸드폰 가득 등장했다. 구름 낀 하늘을 배경으로 기타를 메고 마이크 앞에 선 남자, 강인수였다. 드디어 찾았다. 영상에 시선을 고정한 채 다시 계단을 오르기 시작했다. 잔잔하게 깔리는 기타 선율 위로 그의 목소리가 나지막이 얹어졌다.

그날 이후 매일 인수의 노래를 들었다. 노래를 들으면서도 노래가 끝나간다는 사실이 아까웠다. 조금씩 아껴 듣고 싶으면서도 어서 끝까지 듣고 싶은 조바심마저 드는 이상한 노래. 하루 동안 얼마나 많이 이 노래를 들었을까? 솔직히 말하면 요즘은 거의 이 노래밖에 듣지 않았다. 갈증 난 사람이 물을 마시는 것처럼, 출근하면서도 듣고 집으로 돌아가면서도 듣고 잠들기 전까지도 들었다. 집념의 검색 끝에 영상을 찾아낸 보람이 있었다. 단연코 현재의 유일한 관심사였다.

"상이 씨."

바로 옆에서 들리는 목소리에 상이는 고개를 들었다. 유진 대리였다.

"아, 대리님, 제가 자리를 좀 오래 비웠죠?"

"괜찮아. 저쪽이야 알아서들 마시고 있으니까."

유진이 어깨를 으쓱했다. 매번 겪는 회식이지만 매번 똑같이 지긋지긋했다. 유진은 핸드폰을 쥐고 쭈뼛거리는 상이를 바라보았다. 비록 아르바이트생이지만 매사에 성실하게 임하는 상이를 유진은 좋게 보고 있었다. 기회가 되면 정사원으로 추천하고 싶다는 생각마저 들었다. 그런데 한 가지 마음에 걸리는 점이 있었다.

유진이 보기에 상이는 지나치게 맑았다. 조직 생활을 하다 보면 속내를 감추고 가면을 써야 할 때도 있었다. 그러나 상이는 맑은 옹달샘처럼 속마음이 그대로 드러나는 사람이었다. 업무가 아무리 과중해도 약은 수 한 번 쓰지 않고 혼자 감내하는 모습을 여러 번 봐온 터라 괜히 지켜보는 자신의 속이 탄 적이 한두 번이 아니었던 것이다. 이번 회식도 사람들과 어울리는 듯 어울리지 못하는 것 같아 신경이 쓰이던 차에 자리에서 일어나는 걸 보고 따라 나온 참이었다.

"누구야, 그 영상은? 오, 비주얼은 나쁘지 않은데."

누군가 인수의 노래에 관심을 가진다는 사실이 기뻤지만, 한편으로는 망설여졌다. 음악 취향은 사람마다 다르니 누군가는 인수의 노래를 좋아하지 않을 수도 있었다. 머리로는 이해했지만 막상 누군가 인수의 노래를 별로라고 말하면 상처를 받을 것 같았다.

"저기… 강인수라고 하는데요, 요즘 이 친구한테 완전히 빠졌어요. 한번 들어보실래요?"

상이는 조심스럽게 이어폰의 한쪽을 유진에게 건넸다. 유진이 이어폰을 귀에 꽂았다.

"어디 한번 들어볼까?"

잠시 후 유진이 쿨한 목소리로 말했다.

"나쁘지 않은데? 특히 얼굴."

"얼굴… 요?"

"응. 엄청 잘생겼잖아. 한번 보면 잊기 어려울 만큼."

유진은 핸드폰을 보는 척하며 일부러 상이에게 더 가깝게 다가앉았다. 두 사람의 거리도 한층 가까워졌다. 하지만 상이에게 중요한 것은 유진이 아니었고, 인수의 얼굴도 아니었다. 그보다 더 중요한 것은.

"저, 노래는요?"

"노래? 나쁘지 않다니까."

유진의 나쁘지 않다는 말은 괜찮다는 의미였고, 그건 제법 좋다는 뜻이었다. 상이는 마치 자신이 인정받은 것처럼 뿌듯한 마음에 유진을 향해 싱긋 웃었다. 그러곤 말없이 다시 인수의 노래를 들었다. 그런 상이를 물끄러미 보던 유진이 불쑥 말했다.

"상이 씨, 그거 알아?"

"네? 뭐요?"

"상이 씨 엄청 귀여운 거."

"네?"

예상하지 못했던 말에 상이의 눈이 동그래졌다. 무슨 말을 해야 할지 몰라 상이가 온몸으로 당황스러워하자 유진은 깔깔거리며 웃음을 터뜨렸다.

"아, 뭐야, 뭘 그렇게 놀래. 이래서 재밌다니까, 상이 씨 놀리는 거."

유진은 진짜로 재밌다는 듯 한참을 웃고만 있었다. 뭐가 그렇게 웃긴지 알 수 없었기에 상이는 자리에서 일어났다. 끝내 대답할 말을 찾지 못했지만 한 가지는 새롭게 알게 되었다. 유진 대리는 일할 때도 어려운 사람이지만 회식 때는 더 어려운 사람이라는 것.

"아, 저기, 먼저 들어가 있을게요."

고개를 꾸벅 숙이고 들어가는 상이를 유진은 짓궂은 얼굴로 바라보았다.

'역시 놀리는 맛이 있다니까.'

상이의 뒷모습을 바라보던 유진의 눈이 반짝 빛났다. 상이가 다시 유진을 향해 걸어오고 있었다.

'뭐야? 역시 나 혼자 두고 그냥 가긴 그랬던 거야?'

그러나 유진의 생각은 3초도 되지 않아 깨지고 말았다. 상이 뒤로 술에 잔뜩 취한 서 팀장과 팀원들이 줄줄이 나오고 있었던 것이다.

"3차 가자!"

아무래도 달려야 하는 날인가 보다. 유진은 씩 웃으며 자리에서 일어났다. 술이라면 누구에게도 지지 않을 자신이 있었다. 술은 물론 일도, 연애도. 유진은 팀원들의 뒤에서 따라 걷는 상이 옆으로 슬쩍 다가갔다.

"우리 땡땡이칠까?"

"네?"

상이의 눈이 다시 토끼처럼 동그래졌다.

'풋, 귀여워.'

조금만 장난쳐도 금세 이런 눈이 되니 정말이지 자꾸 놀리고 싶어졌다.

"아, 뭘 또 놀래. 당연히 농담이지."

"죄송해요."

상이는 멋쩍게 웃었다. 어디까지가 농담이고 어디까지가 진담인지 유진의 말은 구분하기 어려웠다.

"상이 씨는 참 열심히 사는 것 같아. 나 아르바이트할 땐 대충 시간만 때웠는데."

"아, 재미있어요! 일이. 그래서 더 열심히 하는 거고요."

"오! 일이 재미있어? 그럼 이참에 정식 채용 한번 건의해 봐?"

"충성!"

상이는 거수까지 올려붙이며 성실하게 대답했다. 그런 상이의 모습에 유진은 한바탕 웃음을 터뜨렸다. 상이도 한결 가벼운 마음으로 웃고 말았다. 시원하게 웃던 유진이 누군가를 본 듯 갑자기 웃음을 멈추었다. 유진의 시선을 따라 고개를 돌리던 상이도 웃음을 멈추었다.

횡단보도를 건너 인수가 걸어오고 있었다. 그리고 그대로 상이를 스쳐 지나갔다. 멍하니 서 있는 상이의 얼굴 앞에 유진이 손을 흔들었다.

"상이 씨, 상이 씨."

천천히 정신이 돌아왔다. 상이는 멍하니 대답했다.

"네…!"

눈으로는 여전히 인수의 뒷모습을 쫓았다. 인수는 지난번 버스 정류장에 함께 있던 남자의 어깨에 팔을 올리고 유유히 걸어가고 있었다.

"안 갈 거야?"

술이라면 누구에게도 지지 않을 자신이 있었다.

술은 물론 일도, 연애도.

유진은 팀원들의 뒤에서 따라 걷는 상이 옆으로 슬쩍 다가갔다.

"우리 땡땡이칠까?"

"네?"

"아, 네. 죄송해요."

상이는 유진의 뒤를 따라갔다. 가다가 멈추고 뒤를 돌아보았지만 인수의 모습은 이미 사라진 뒤였다. 저 앞에서 술에 취해 걸어가는 팀원들의 모습이 보였다. 정신이 번쩍 들었다. 자신이 따라가고 싶은 길은 이 길이 아니었다. 상이는 유진의 팔을 잡았다.

"저, 대리님! 죄송해요. 혹시 저 그…."

"가봐. 내가 적당히 둘러놓을게. 가서 사인이든 셀카든 뭐라도 건져 와. 기왕이면 연락처도 따오면 좋고."

유진은 이해한다는 듯 상이를 보내주었다. 이런 상태로 3차까지 간들 유령처럼 앉아 있거나, 지금 따라가지 못한 것을 후회하면서 안절부절못할 게 뻔했다. 상이는 유진의 시원한 대답에 고개를 숙이며 인사했다.

"감사합니다."

뒤돌아서자마자 뛰었다. 숨이 차도록 뛰었다. 그가 어디로 갔는지 알 수 없지만 근처의 술집에 있을 터였다. 밤새 술집을 모두 뒤져서라도 그를 만나고 싶었다.

'심호흡, 심호흡. 윤상이, 숨 좀 쉬어. 숨.'

벌써 10분째였다. 상이는 어느 선술집 문 앞에 서서 숨을 크게 들이마시고 내쉬었다. 고작 문 하나를 사이에 두고 그를 보고 있다니 믿을 수 없었다. 문 너머의 세계엔 강인수, 그가 존재했다. 인수는 마주 앉은 사람을 다정하게 바라보며 웃고 있었다. 그가 앉은 자리만 불빛이 켜진 듯 반짝반짝 빛나는 것 같았다.

'내가 적당히 둘러놓을게. 가서 사인이든 셀카든 뭐라도 건져 와. 기왕이면 연락처도 따오면 좋고.'

유진 대리의 말이 머릿속을 뱅뱅 맴돌았다. '기왕이면 연락처도'라니. 그런 담대한 일을 정말 해낼 수 있을 거라고 믿는 걸까. 상이는 고개를 좌우로 흔들었다. 사인이나 셀카, 연락처는 고사하고 이 문 안으로 들어가기만 해도 다행이라고 생각했다.

상이는 다시 한번 심호흡을 하고 가게 안을 바라보았다. 용기가 나지 않았다. 하지만 지금 이 문을 열지 않으면 두고두고 후회할 터였다. 이불 킥 천 번 따위로는 절대 사라지지 않을, 삶이 다하는 마지막의 마지막 순간까지 하게 될 후회일지도 몰랐다. 그런 생각을 하자 손에 힘이 들어갔다.

"하아, 답답할 땐 술이 최고지!"

"답답하다니 뭐가?"

인수의 태연한 대답에 민성이 인상을 찌푸렸다. 인수는 표정 변화 하나 없었다.

"야, 조회 수를 보면 말이야. 너를 위해 개고생하는 이 친구에 대한 어떤 미안함이나 안타까움이 전혀 안 드냐?"

"그게 내 탓이냐? 시답잖은 영상을 만든 네 죄지."

"그게 친구한테 할 소리냐? 아 몰라. 술이나 마셔, 이 나쁜 놈아."

싱글싱글 웃기까지 하는 인수가 얄밉기 그지없다고 민성은 생각했다. 그러면서도 이놈을 계속 만나는 이유가 뭔지 알 수 없는 노릇이었다.

두 사람의 대화를 들으며 상이는 한 걸음 한 걸음 신중하게 발걸음을 옮겼다. 생각은 멈췄는데 멍하니 발만 움직이는 것 같기도 했다. 정신을 차리고 보니 어느새 두 사람이 앉아 있는 테이블 앞까지 와버리고 말았다.

"주문은 좀 이따 할게요."

상이를 아르바이트생으로 착각한 민성이 말했다. 다소 까칠한 목소리였다. 뭔가 안 좋은 일이라도 있나 싶었지만 지금

남 걱정할 때가 아니었다. 눈앞에 인수가 있었다. 정신이 번쩍
들었다. 하마터면 말을 걸 뻔했다. 상이는 눈을 마주치면 돌이
킬 수 없는 일이라도 생길 것처럼 필사적으로 눈을 피했다.

'눈이 마주치면 어떡하지? 인사를 해야 하나?'

그렇다고 다짜고짜 이름을 말하면서 "안녕하세요?"라고 할
수도 없는 노릇이었다.

'이상한 사람으로 보면 어떡하지?'

불현듯 머리가 차가워졌다. 냉정한 깨달음이 찾아왔다. 한
번 이상한 사람으로 찍히면 돌이키기 힘들어질 것이었다. 이
럴 때 취할 수 있는 행동은 하나밖에 없었다. 손님을 가장해서
주문하는 것. 상이는 두 사람을 지나쳐 카운터까지 걸어왔다.

'잘했어, 아주 자연스러웠어.'

그러나 여기까지였다. 어찌어찌 카운터까진 왔지만 그 이
상 뭘 해야 할지 알 수 없었다. 주문하려고 해도 글씨가 보이지
않았다. 지금 상이가 느낄 수 있는 것은 등 뒤에서 들려오는 그
의 목소리와 자신의 심장박동뿐이었다. 시간이 흐를수록 진
정되기는커녕 더욱 가빠지는 호흡 때문에 금방이라도 심장이
터질 것 같았다. 하지만 상이는 죽기를 각오하고 몸을 돌렸다.
심장이 터져 죽으나 쪽팔려 죽으나 매한가지였다. 어차피 죽

는다면 말이라도 한 번 붙여보자 싶었다. 막상 뒤를 돌자 상이의 발은 어디로 가야 할지 목적지를 안다는 듯 인수를 향해 성큼성큼 다가갔다.

'그래, 이대로 직진이다!'

심장이 아까보다 더 크게 뛰었다. 그러나 걸음을 멈출 순 없었다.

'그에게 가자, 가서 말하는 거야.'

불과 몇 걸음 앞에 그가 있었다.

'됐어, 이제 세 발자국만 더 가면 돼. 가서 말하자, 용기 있게!'

세 걸음, 두 걸음. 상이는 눈을 빛내며 인수에게 다가갔다. 마침내 한 걸음! 인수가 상이를 발견하고 고개를 들었다.

"아, 죄송해요. 제가 뭘 좀 떨어트리고 간 것 같아서요. 잠시만요."

상이는 바로 무릎을 꿇었다. 그러고는 등까지 굽혀가며 물건을 찾는 척했다. 자신이 생각해도 궁색한 변명이라 속으로 혀를 찼지만 차마 그의 눈을 마주 볼 용기가 나지 않았다.

'야, 윤상이. 말을 해. 노래 잘 듣고 있다고, 만나고 싶었다고!'

그러나 생각은 말이 되어 나오지 않았다. 상이는 등만 더 납작 엎드릴 뿐이었다. 몇 초에 불과한 짧은 시간이었지만 마음속으로는 오만 가지 생각이 지나갔다. 그러나 그 오만 가지 생각은 곧 하나의 생각으로 빠르게 모였다. 그가 보고 싶다는 단 하나의 생각.

"뭐해요?"

상이는 움직임을 멈췄다. 낮고 부드러운 저음의 목소리가 따뜻한 물처럼 상이의 귓가에서 찰랑거렸다. 어디선가 바다 냄새가 났다. 바닷속을 유영하듯 상이는 천천히 고개를 들었다. 그러자 생각지도 못했던 것과 마주쳤다.

깊고 검은 눈. 남쪽 바다처럼 맑고 아름다운 두 눈이 상이를 바라보고 있었다. 상이도 인수의 눈을 바라보았다. 두 사람의 눈이 마주친 그 순간 시간이 멈춘 듯 주변의 모든 소리가 사라졌고, 오직 인수의 촉촉한 눈빛만이 파도처럼 상이의 눈 안으로 일렁일렁 밀려오고 있었다.

두 사람의 눈이 마주친 그 순간
시간이 멈춘 듯 주변의 모든 소리가 사라졌고,
오직 인수의 촉촉한 눈빛만이 파도처럼
상이의 눈 안으로 일렁일렁 밀려오고 있었다.

03 너의 목소리 내 안에 울리고

'와, 한심해. 진짜 나 뭐냐.'

뒤도 돌아보지 못하고 도망치듯 술집을 나온 상이는 터덜 터덜 걷기 시작했다. 생각할수록 바보 같았다. 그토록 보고 싶던 사람을 숨이 턱에 차도록 뛰어가며 어렵게 찾아냈는데, 대화는 고사하고 말도 제대로 못 붙이고 말았다. 발끝을 툭툭 치면서 걷는데 카톡 알림이 울렸다.

'상이 씨, 어디? 성공했어? 아직 이 근처면 잠깐 나 좀 보고 가요.'

유진이었다. 자신을 보내주며 사인이든 셀카든 건져오라고 응원하던 유진의 얼굴이 떠올랐다. 한동안 카톡을 바라보던 상이는 깊은 한숨을 내쉬고 답장을 보냈다.

'어디로 가면 될까요?'

유진이 알려준 치킨집은 마침 상이가 있던 곳에서 그다지 멀지 않은 곳이었다. 간판을 발견하고 서둘러 가게 안으로 기려는데 유진의 목소리가 들렸다.

"상이 씨! 여기."

바깥에 마련된 테이블에서 핸드폰을 보고 있던 유진이 상이를 발견하고 손을 흔들었다. 쭈뼛거리며 다가가자 유진이 어서 앉으라는 듯 고갯짓을 했다.

"다들 어디에…? 아! 끝났어요?"

"응. 해산했어."

자신이 허튼짓하는 동안 회식이 다 끝난 모양이었다. 미소를 띠며 친구를 바라보던 얼굴과 무표정하게 자신을 바라보던 인수의 모습이 떠오르자 기분이 더욱 가라앉았다. 갑자기 어두워진 상이의 얼굴을 유심히 바라보던 유진이 무심한 듯 물었다.

"어떻게, 하려던 일은 잘됐고? 사진이라도 건진 거야?"

"아… 그게요…."

머뭇거리며 답을 하지 못하는 상이의 큰 눈이 아래로 처졌다. 얼굴엔 안타까움이 가득 묻어났다. 소심한 성격에 말수도 적은 데다 무슨 생각을 하는지 얼굴에 다 드러나는 타입이라 유진은 대답을 듣지 않아도 결과를 알아챌 수 있었다.

"자기, 진짜 소심쟁이구나."

유진은 일부러 놀리듯 말하며 제 앞에 놓인 맥주를 마셨다. 상이는 고개를 더 푹 숙였다. 유진의 말에 반박할 거리를 찾지 못하기도 했거니와 조금 전 자신의 모습은 스스로가 생각해도 소심하다 못해 한심했으니까.

"아쉬워도 어쩔 수 없지. 이미 지난 일인데. 사장님, 맥주 한 병이랑 잔 하나 더 주세요."

가방을 벗어 옆자리에 두는 사이 아르바이트생이 맥주 한 병과 빈 잔 하나를 금세 가져왔다. 유진이 맥주병을 들자 상이는 얼른 컵을 들고 유진이 따라주는 맥주를 받았다.

"마음에 담아두지 말고 맥주 한잔하면서 같이 털어버려."

유진의 말에 상이는 망설이지 않고 그대로 맥주를 들이켰다. 목구멍을 타고 넘어가며 푹푹 터지는 맥주 거품들이 마치 자신의 타는 마음을 대변해주는 것 같았다. 지금까지 마신 맥주 중에서 가장 썼다.

유진이 잔을 채워주고 상이는 받는 족족 잔을 비우는 일이 반복되었다. 어느새 맥주 몇 병이 상이의 뱃속으로 사라졌다. 원래 술을 잘 마시지 못하는 상이의 얼굴이 발갛게 달아올랐다. 고개를 푹 숙인 채 한숨만 후후 내쉬는 상이의 모습은 제법 취기가 오른 듯 보였다.

"상이 씨, 괜찮아?"

"푸후… 저는… 괜찮습니다."

"취한 것 같은데?"

"아닙니다… 괜찮아요…."

상이는 술기운을 내쫓으려는 듯 손바닥으로 두 뺨을 치고는 물을 들이켰다. 원래 주량도 낮은 주제에 너무 급하게 맥주를 들이켰나 싶었다.

"내일 출근도 해야 하니까 우리도 이만 해산할까?"

"네… 해산… 해야죠."

상이는 남아 있는 술기운을 쫓기 위해 고개를 흔들었다. 오늘 이 술은 위로주라며 유진이 계산을 하고 오는 사이, 백팩을 메고 연신 얼굴을 비비던 상이는 그제야 조금 술기운이 가시는 것을 느꼈다.

"어떻게 가?"

"저어기 정류장에서 버스 타고 가면 돼요."

"차 안 끊겼어?"

"아직 막차 시간 남았어요. 대리님은요?"

"난 택시."

"어, 그럼 제가 가서 택시 잡아드릴게요."

유진이 말릴 새도 없이 큰길가로 뛰어간 상이는 도로를 두리번거리며 열심히 빈 택시를 찾아 손을 흔들었다. 조금 전까지 술기운에 정신을 못 차리던 모습이 거짓말 같았다. 언제나 회식의 뒷마무리를 책임지는 자상하고 듬직한 기획팀 막내의 모습에 유진은 웃음이 났다. 어느새 택시를 잡았는지 유진을 부르는 상이 얼굴에 미소가 가득했다. 감정이 잘 드러나는 커다란 눈망울이며 소심해도 자상한 성격이며 참 순수한 사람 같다고 유진은 생각했다.

"그럼 조심해서 들어가세요."

"상이 씨도 조심해서 들어가고, 내일 회사에서 봐."

"네, 내일 뵐게요. 안녕히 들어가세요."

상이는 택시 문을 닫아주고 허리까지 숙이며 인사한 후 유진이 탄 택시가 멀어지는 것을 바라보았다. 택시가 완전 시야에서 사라지고 나서야 비로소 버스 정류장을 향해 발길을 돌렸다. 그런 상이의 모습을 택시 안 사이드미러로 바라보던 유

"그럼 조심해서 들어가세요."

"상이 씨도 조심해서 들어가고, 내일 회사에서 봐."

"네, 내일 뵐게요. 안녕히 들어가세요."

진은 잠시 생각에 잠겼다가 이내 핸드폰을 꺼내 들었다.

"나야. 작업 중? 그럼 내가 동영상 하나 보낼 테니까 지금 바로 확인하고 얘기 좀 해. 뭐긴. 자기 생각이 궁금해서 그러지."

유진은 핸드폰을 손에 쥐고 의자 깊숙이 몸을 묻었다. 뭔가를 골똘히 생각하며 핸드폰을 손에 더욱 꼭 쥐었다.

간신히 막차를 타고 언덕길을 올라 집에 도착했을 무렵 상이의 술기운은 어느새 다 사라지고 없었다. 씻고 편안한 옷으로 갈아입은 후 침대에 누우니 몸이 천근만근 같았다. 몸은 피곤하다고 소리쳤지만 정신은 또렷해서 눈을 감아도 잠이 쉽게 올 것 같지 않았다.

"강인수! 우리 같이 음악 할까? 네 음악 좋던데."

상이는 불쑥 허공을 향해 손을 내밀고 악수하는 시늉을 하며 말했다.

"아니면 우리 친구 하자, 친구! 응. 친구. 으흠! 아잇."

문득 침대에 누워 혼잣말하는 자신이 한심해 가슴이 답답해졌다. 막상 강인수를 앞에 두고는 한마디도 못 했으면서 이게 뭐 하는 짓인가 싶었다.

"어후, 그냥 잠이나 자야겠다."

눈을 감고 잠을 청해보려 했지만, 다시 말똥말똥 눈이 떠지고 잠이 오지 않았다. 한참을 뒤척이던 끝에 결국 잠들기를 포기하고 침대에서 일어나 불을 켰다. 작다란 상이의 자취방은 침대와 책상, 노트북과 전자 키보드 몇 개, 작은 옷장 하나가 살림의 전부였다. 많지 않은 살림 중 가장 아끼는 것이 무엇이냐고 누군가 묻는다면 망설임 없이 노트북과 키보드를 선택할 것이다.

책상 위 노트북을 켜고 익숙하게 유튜브를 열어 인수의 영상을 재생했다. 키보드 앞에 앉아 흘러나오는 멜로디에 귀를 기울였다.

"흐음. C로 시작하고 그다음 F⋯."

처음 음악을 들은 후 생각나는 대로 코드를 따던 때와는 기분이 달랐다. 그때가 거품이 다 꺼져서 밍밍하게 느껴지는 맥주 맛이었다면 지금은 거품 하나하나가 살아 있는 신선한 맥주 맛 같았다. 방 안이 인수의 노래로 가득 찼다. 인수의 노래를 들으며 건반을 연주하기 시작했다. 인수의 기타 연주와 상이의 건반 연주가 마치 원래 하나의 곡이었던 것처럼 자연스럽게 어우러졌다. 인수의 노래에 맞춰 연주하던 상이는 이내 조심스럽게 인수의 목소리에 화음을 얹기 시작했다.

―I wish for you. 단 한 순간도 널 놓치지 않을 거야.

인수의 목소리에 상이의 목소리가 녹아들었다. 상이는 건반을 치며 영상 속 인수를 바라보았다. 그리고 인수의 노래에 화음을 맞춰가며 그와 함께 노래를 불렀다.

― 운명 같은 끌림에 서로를 알아보았지. 너의 이름과 나의 이름이 하나가 돼가는 걸, 느껴.

가사처럼, 노래를 부르는 동안 마치 자신과 인수가 하나가 되어가는 느낌이었다. 인수의 목소리가 상이의 마음에 깊은 울림으로 남았다. 그 느낌이 너무 좋아서 늦은 밤이라는 사실도 잊고 목소리를 높여 노래를 부르고 말았다. 시간이 가는 줄도 모르고 노래에 빠져 있던 상이는 누군가 현관문을 거칠게 연속적으로 두드리는 소리에 깜짝 놀라 현실로 돌아왔다.

"이봐요! 이봐요!"

행복으로 가득 찼던 상이의 표정이 순식간에 굳어졌다. 언덕 위 가파른 골목에 위치한 자취방은 낡고 비좁았지만 혼자 살기에는 부족함이 없는 공간이었다. 거기에 월세도 저렴해서 더욱 정이 가는 공간이기도 했다. 다만 단점이 있다면 방음이 잘 안 된다는 것. 그리고 옆집 사람이 유난히 소음에 예민하다는 것.

노래를 부르는 동안 마치 자신과 인수가
하나가 되어가는 느낌이었다.
인수의 목소리가 상이의 마음에
깊은 울림으로 남았다

'망했다.'

이렇게 늦은 밤 음악에 빠져 큰 소리로 노래를 불렀으니, 분명 한 소리 들을 게 뻔했다. 자신이 무엇을 잘못했는지 잘 아는 상이는 미안함을 가득 담은 얼굴로 현관문을 열고 빼꼼 고개를 내밀었다.

"죄송합니다."

"지금이 몇 신데 노래를 해요? 제발 한번 말할 때 조용히 좀 해줘요. 알겠어요?"

"네… 죄송합니다."

"죄송하면 조용히 하라고요!"

연신 고개를 숙이며 미안하다 사과했지만 그녀는 조금도 화가 누그러지지 않은 얼굴로 또 한 번 시끄럽게 군다면 상이의 집주인과 통장에게 직접 항의하겠다고 엄포에 엄포를 놓고서야 돌아갔다.

'내 노래보다 고함치는 목소리가 더 시끄러운데.'

상이는 속으로 억울함을 삼키고 집 안으로 들어와 반복 재생되는 영상 속 인수의 얼굴을 바라보았다. 방을 가득 채우는 인수의 노래, 인수의 목소리. 또다시 넋을 잃은 사람처럼 인수의 음악에 빠져 있던 상이는 이내 떠오르는 영감에 서둘러 키보드 앞에 앉아 악보 노트를 꺼내고 녹음용 마이크를 연결했다. 그리고 마치 무언가에 홀린 사람처럼 건반을 치고, 악보에 적고, 마이크로 녹음을 했다. 옆집에 들리지 않도록 헤드폰을 끼고 최대한 작은 목소리로.

04 너에게 가고 싶어서

회의실 분위기는 살벌했다. 데뷔를 준비하는 아이돌 그룹을 영상으로 소개하고 평가하는 자리였다. 평소에는 호탕하지만 화가 났을 땐 마녀라고 불리는 팀장의 얼굴이 심상치 않았다. 폭풍전야와 같은 살벌한 공기 속에 직원들도 굳은 표정으로 앉아 있었다. 상이 역시 회의실의 흉흉한 분위기에 눌려 눈치만 보고 있었다. 결국 팀장이 기획서를 책상에 내던지며 소리쳤다.

"그만!"

"팀장님, 좀 더 들어보시면….'

"야, 내가 아마추어냐? 지금 사비를 인트로로 갖다 썼구만, 뭘 더 들어봐. 아니, 너희는 지겹지도 않니? 맨날 그 나물에 그

밥이야. 이럴 거면 차라리 모험을 좀 해봐, 어?"

이번 기획을 담당한 지현 대리가 용기 있게 나섰지만, 돌아온 것은 팀장의 호통과 허공에 흩날리는 기획서였다. 모두 아무 말도 못 하고 그대로 얼어붙어버렸다.

"팀장님."

'우와, 이런 분위기에서 팀장님을 부르다니, 대체 어느 용자가…?'

상이는 소리 나는 방향으로 눈을 돌렸다. 유진이었다. 팀장이 유진을 향해 눈을 치켜떴다. 바로 그 표정. 팀원들에게 '어릴 적 만화에 등장하던 마녀 같다'는 정평을 듣는 표정이었다.

"말해."

냉랭한 팀장의 말에 회의실은 침 삼키는 소리까지 다 들릴 것처럼 조용해졌다. 유진이 상이 쪽으로 고개를 돌렸다.

"상이 씨."

"네?"

'이 상황에서 왜 저를 부르시는 건가요?'

유진의 부름에 팀장은 물론 회의실에 앉은 전 직원의 시선이 자신에게 몰리자 상이는 불편함에 어찌할 바를 몰라 고개를 숙였다.

"강인수 영상 좀 플레이해줄래요?"

"네? 네!"

뜬금없는 유진의 부탁에 영문을 알 수 없었지만, 일단 유진의 말대로 노트북을 회의실 모니터에 연결해 인수의 영상을 재생했다. 화면 가득 인수의 얼굴이 등장해 그의 노래가 회의실을 채웠다. 상이는 흘깃 유진과 팀장의 얼굴을 살폈다. 유진은 상이에게 고맙다는 듯 고개를 살짝 끄덕였고, 팀장은 여전히 차가운 얼굴로 인수의 영상을 바라보고 있었다.

"아직 다듬어야 할 원석이지만 전 좋았어요, 이 친구. 강인수만이 가진 특별한 매력이 있는 것 같고요. 한번 접촉해봐도 괜찮을 것 같습니다."

유진의 차분한 설명에 회의실이 작게 술렁거렸다. 팀장은 아무 말 없이 화면만 응시하다 이내 입을 뗐다.

"이유진. 포장 잘할 자신 있지?"

"팀장님!"

팀장의 말을 가로막은 것은 지현 대리였다. 이게 무슨 날벼락 같은 소리란 말인가? 몇 달간 밤새워 준비한 기획이 어디서 듣도 보도 못한 신인에게 밀리다니, 말도 안 되는 일이었다. 입을 열어 항의하려는 지현을 팀장이 막았다. 지현을 향해 손바

"아직 다듬어야 할 원석이지만 전 좋았어요, 이 친구.
강인수만이 가진 특별한 매력이 있는 것 같고요.
한번 접촉해봐도 괜찮을 것 같습니다."

닥을 보이며 멈추라는 신호를 보낸 후 팀장은 유진의 눈을 똑바로 바라보며 물었다.

"네 단독 작품으로 할 자신, 책임질 자신 있냐고."

"맡겨만 주시면 한번 만들어보고 싶습니다."

예상치 못한 물음에 당황했지만, 유진은 팀장의 시선을 피하지 않고 자신감 있는 얼굴로 대답했다. 팀장은 유진을 한동안 바라보다 이내 굳었던 얼굴을 풀었다.

"필요한 거 있으면 요청하고. 입봉작 한번 잘 만들어봐. 오늘 회의 끝."

"감사합니다. 팀장님!"

유진은 회의실을 나가는 팀장의 등을 향해 큰 소리로 감사 인사를 했다. 순식간에 소란스러워진 회의실 안에서 상이는 그저 모니터에서 계속 재생되고 있는 인수의 얼굴만을 뚫어져라 바라볼 뿐이었다.

인수가 민성이 일하는 카페로 들어서자마자 카페 안이 술렁였다. 테이블에 앉은 여자들이 인수의 얼굴을 흘끔대며 어떡하냐, 잘생겼다 속닥거렸다.

"왔나?"

민성은 인수를 자리에 앉히고 익숙하게 노트북을 조작해 영상을 재생했다.

"전에 찍은 영상 편집한 거야. 보고 있어."

인수는 곧장 영상에 집중하기 시작했고, 민성은 커피를 내리기 위해 카운터 쪽으로 향했다. 인수에게 줄 커피를 만들며 민성은 인상을 찡그렸다. 옆 테이블 여자들이 인수의 번호를 따느니 마느니 하며 수군대는 소리가 들렸던 것이다. 조금 전 인수가 들어올 때부터 소란을 떨던 무리였다.

'김칫국은. 떡 줄 사람은 생각도 안 하는구만.'

카페 안 여자들의 관심을 한 몸에 받는 주인공 인수는 정작 버스킹 영상에만 시선을 고정하고 있었다.

"자. 우리 강 스타 스페셜 커피!"

"놓고 가."

민성이 아이스 아메리카노를 인수 앞에 내려놓으며 자리에 앉았다. 인수는 그런 민성을 거들떠보지도 않고 냅킨을 종이 삼아 버스킹 영상에 대한 수정 사항을 적어 내려갔다.

"어어엉? 이럼 나 완전 섭섭이야. 그러지 말고 빨리 마시기라도 해봐."

민성은 자신에게 별다른 반응을 보이지 않는 인수에게 장난처럼 서운함을 내비치며 앙탈을 부렸다. 뒤늦게 인수가 어이없다는 듯 피식 웃으며 아이스 아메리카노를 한 모금 마셨다. 민성은 커피가 맛있다고 칭찬해주길 기다렸지만 인수는 다시 버스킹 영상에 집중할 뿐이었다.

"내가 지를 위해서 영상도 찍어줘, 편집도 해줘, 심지어 커피까지 만들어 갖다 바치는데 어떻게 고맙다는 말 한마디를 안 해주냐?"

고개를 들어 툴툴거리는 민성의 얼굴을 본 인수는 그제야 민성이 서운해하고 있음을 깨달았다. 평소 살갑게 마음을 표현하는 편이 아니라서 종종 주변 사람을 섭섭하게 만들곤 하는 자신의 단점을 인수는 잘 알았다. 그럼에도 불구하고 친구라며 끊임없이 제 주위를 맴돌고 자신을 챙겨주고 또 응원해주는 마음 따뜻한 녀석이 민성이라는 사실 또한 잘 알았다. 지금이야말로 민성을 달래야 할 때였다. 인수는 장난기 가득한 미소를 띠고 민성을 향해 손을 뻗어 볼을 꼬집었다.

"뭐 이리 까칠해. 누가 우리 귀여운 민성이를 이렇게 화나게 한 거야? 응?"

"놔라. 어어? 놓으라니까. 진짜 주먹 날아간다."

"오, 주먹! 후덜덜한데."

인수는 민성의 볼을 쥔 손가락에 더욱 힘을 줬다.

"헙! 진짜… 진짜 놔라… 놔!"

인수와 민성이 티격태격하는 사이 어떤 목소리가 불쑥 둘 사이에 껴들었다.

"저…기, 저기요…."

긴 생머리에 꽃무늬 원피스를 입은 여성이 두 사람 앞에 서 있었다.

"연락처 좀 알려주실 수 있을까요?"

그녀는 인수를 향해 수줍은 미소를 지으며 머리카락을 귀 뒤로 넘겼다. 인수는 조금 당황한 눈으로 그녀를 바라보았다. 인수가 아무 말이 없자 여자의 얼굴빛이 조금 어두워졌다.

"아, 실은 제가 진짜 용기 내서 여쭤보는 건데요. 혹시 여자 친구 있…."

"있어요, 애인! 곧 결혼할 겁니다."

대답한 것은 민성이었다. 여자의 얼굴에 아쉬움과 창피함 이 뒤섞인 표정이 떠올랐다. 인수는 어이없었지만, 긍정도 부 정도 하지 않은 채 묘한 웃음을 지었다. 여자가 멀어진 뒤에야 인수가 민성에게 물었다.

"야! 뭔 소리야 내가 무슨!"

"너 이제 곧 대박 날 스타야. 이런 자잘한 연애를 해도 되겠어? 안 돼!"

인수를 가르치듯 말하는 민성의 표정이 제법 근엄해 웃음이 나왔다.

"확실히 내 매니저답네. 아이구!"

인수가 웃음 가득한 얼굴로 다시 민성의 두 볼을 잡았다.

"아, 너 진짜! 이거 완전 습관이 됐어."

이번에는 민성도 참지 않고 인수의 두 볼을 꼬집었다. 그렇게 카페에서 다 큰 남자 둘이 마주 앉아 서로의 볼을 잡은 채먼저 놓으라며 실랑이를 벌이고 있는데, 낯선 남자 두 명이 카페로 들어왔다. 그들은 인수와 민성에게로 곧장 걸어왔다.

"저, 강인수 씨 되시죠?"

누가 먼저랄 것도 없이 인수와 민성의 손이 서로의 볼에서 떨어졌다.

점심 식사 후 유진은 상이를 따로 불러내 평소 좋아하던 산책로로 데려갔다. 회사에서 조금만 걸어가면 이렇게 잘 가꿔진 숲이 있다는 사실을 알지 못했던 상이는 연신 주변을 바라보며 신기해했다. 걷기 좋은 길이었다.

"여기 좋지?"

"네!"

"가끔 답답할 땐 여기 와서 걸어. 아무한테도 공개 안 한 나만의 핫플레이스인데 상이 씨한테만 특별히 알려주는 거야!"

"고맙습니다!"

중대한 비밀을 털어놓는다는 듯 비장한 목소리였지만 표정에는 장난기가 가득했다. 상이 역시 기분이 좋아져 그녀를 향해 웃어 보였다. 유진은 상이의 단정한 미소를 지긋이 바라보다 진지하게 말을 꺼냈다.

"내가 상이 씨를 이런 데 데려온 이유가 있는데 말이야."

걸음을 멈추고 잠시 머뭇거리던 유진은 이내 결심한 듯 입을 열었다.

"내가 돌려 말하는 거 싫어하니까 그냥 말할게요."

"네. 말씀하세요."

"나랑 할래?"

"네?"

상이는 유진의 말이 무슨 뜻인지 파악하지 못해 어리둥절한 표정을 지었다.

"윤상이 씨, 정식으로 프러포즈할게요. 기획팀 어시스턴트.

"확실히 내 매니저답네. 아이구!"

인수가 웃음 가득한 얼굴로 다시 민성의 두 볼을 잡았다.

"아, 너 진짜! 이거 완전 습관이 됐어."

이번에는 민성도 참지 않고 인수의 두 볼을 꼬집었다.

보수는 지금 임금의 두 배. 강인수 데뷔 프로젝트. 아르바이트는 그만하고 내 밑에서 정식으로 일해보는 게 어떠냐고요."

그제야 상이는 유진의 말을 이해할 수 있었다. 그녀가 지금 자신에게 정직원 자리를 제안하고 있었다. 유진의 제안은 더할 나위 없는 기회였다. 너무 놀란 상이가 가뜩이나 큰 눈을 더욱 동그랗게 뜨고는 어버버하며 답을 하지 않자 유진이 재촉하듯 말했다.

"조건이 너무 파격적이었나…?"

기뻤다. 정식 채용이라니. 지금까지 호흡을 맞춰온 다정한 동료들과 함께 자신이 좋아하는 일을 할 수 있다니. 무엇보다 강인수의 데뷔 프로젝트에 참여할 기회가 주어지다니. 벅찬 마음에 정신을 차리지 못하던 상이는 유진이 아직 자신의 대답을 기다리고 있다는 사실을 기억해냈다.

"그러니까 제가 정식 채용된다는…."

"어. 잠깐만."

상이가 대답하려던 순간 전화벨이 울렸다. 유진이 핸드폰을 꺼냈다.

"여보세요. 그래? 오케이. 수고했어요. 네, 사무실에서 곧 뵈어요."

상이는 자신이 머뭇거리는 바람에 행여 제안을 없던 일로 하자고 할까 봐 조급한 마음이 들었다. 유진은 통화하는 내내 자신 앞에서 초조함을 감추지 못하고 안절부절못하는 상이를 보면서 그가 어떤 결정을 내렸는지 확신할 수 있었다. 조금 전 전화는 섭외팀 직원에게서 걸려온 것이었다. 강인수 섭외를 완료해 회사로 돌아오고 있다는 연락이었다.

"강인수 겟. 회사나 가볼까?"

유진은 상이의 대답을 듣지 않고 그대로 회사를 향했다. 앞서 걸어가던 유진이 어서 오지 않고 뭐하냐는 눈빛으로 상이를 돌아봤다. 상이는 유진이 자신의 대답을 이미 알고 있다는 사실을 깨달았다. 상이는 유진을 향해 90도로 허리를 굽히며 큰 소리로 외쳤다.

"열심히 하겠습니다!"

상이와 유진이 사무실로 돌아가자 섭외팀이 그들을 기다리고 있었다. 섭외팀은 계약을 제안했을 때 인수가 보인 반응을 전해주었다. 정식 계약의 성사 여부는 녹음 테스트 이후 세부 내용을 조정한 뒤 확정하겠지만, 일단 인수 측 반응은 매우 긍정적이라고 했다.

이어서 인수의 첫인상에 관해 이야기했다. 실물이 더 잘생

"윤상이 씨, 정식으로 프러포즈할게요.
기획팀 어시스턴트. 보수는 지금 임금의 두 배.
강인수 데뷔 프로젝트. 아르바이트는 그만하고
내 밑에서 정식으로 일해보는 게 어떠냐고요."

겼네, 피지컬이 좋네, 목소리가 매력적이네, 냉미남이네, 자기 음악에 주관이 뚜렷한 사람 같네 등등 의견은 다양했지만 들어보면 결국 칭찬 일색이었다. 인수에 대한 후한 평가에 상이는 어쩐지 자신이 칭찬을 들은 것처럼 마음이 뿌듯했다.

'그럼요, 저의 소중한 최애 아티스트거든요.'

학창시절, 연예인에게 꺅꺅거리는 여자애들을 보며 한심하다고 생각했다. 좋아하는 연예인이 잘되면 제 일처럼 기뻐하고, 누군가 그들을 욕하면 마치 자기가 욕을 먹은 것처럼 화를 내던 모습이 이해 가지 않았다. 그런데 이제는 얼마든지 이해할 수 있었다. 상이는 두 손을 불끈 쥐었다. 어느새 '내 연예인 뒷바라지는 내가 한다'라는 결의마저 품고 있었다. 인수와 만날 날이 기다려졌다.

그날 저녁, 상이의 밴드는 마지막 버스킹을 가졌다. 정기와 정아는 상이의 정규직 채용 소식을 듣더니 박수까지 쳐가며 환호했다.

"와, 진짜 축하해."

"장하다, 윤상이!"

"갑자기 이렇게 되어서 죄송해요."

"죄송하긴. 오히려 잘된 일이지. 어차피 내 유학 때문에 끝내야 했잖아. 미안한 건 나야, 끝까지 함께하지 못해서."

"어허, 뭐야. 오늘 누가 더 미안한지 내기하는 날이야? 그럼 내가 제일 미안한데."

정기의 너스레에 웃음이 터졌다. 상이는 건반 상태를 점검했다. 마지막 공연인 만큼 최선을 다하고 싶었다. 공연을 시작하기 전 정기가 상이를 다정하게 불렀다.

"상이야."

"네, 형."

"오늘 공연은 네 취업 축하 공연이다."

"아하하. 취업 축하 공연 치곤 사람이 너무 없는데요."

"대충 듣는 백 사람보다 제대로 듣는 한 사람이 중요한 거야. 네 음악을 알아줄 단 한 사람."

"내 음악을 알아줄 단 한 사람?"

"지금도 어딘가에서 보고 있을지 몰라."

정기의 말에 상이는 빙그레 웃었다. 정말로 이 세상 어딘가에 자신의 음악을 알아줄 한 사람이 존재하는 것 같은 기분이 들었다. 정기의 신호에 맞춰 연주가 시작되었다. 건반 위에 놓인 상이의 손가락이 섬세하게 움직였다. 이 세상 단 한 사람을 위해 연주하듯이.

눈을 감고 있는데 왜 눈이 부신 것인가. 그렇게 생각하는 순간 번쩍 눈이 떠졌다. 햇살이 커튼을 뚫고 들어와 방 안이 지나치게 환했다. 그리고 여전히 잠옷을 입은 채로 누워 있는 자신을 보자 불길한 예감이 들었다. 본능처럼 핸드폰을 찾아 시간을 확인했다.

'망했다.'

회사까지 쉬지 않고 달려왔지만 지각을 면할 순 없었다. 턱 끝까지 차오른 숨을 고르며 겨우겨우 사무실 쪽으로 걸음을 옮겼다. 헝클어진 머리와 옷차림을 가다듬고 심호흡을 한 뒤 유리문 너머 사무실을 훑어봤다. 이내 큰 결심이라도 한 듯 떨리는 손으로 출입문을 열었다. 모두가 근무를 시작하고도 남았을 시간이었다. 누군가 자신을 발견할세라 살금살금 자리로 이동하는데 모퉁이를 돌자마자 맞은편에서 걸어오던 콘텐츠제작팀 직원과 딱 마주치고 말았다. 상이는 지레 찔려서 꾸벅 허리를 숙여 인사했다. 그러자 직원은 알 만하다는 눈빛으로 상이의 어깨를 툭툭 두들기고는 그대로 지나갔다. 무사히 넘어갔다는 생각에 안도의 한숨을 내쉬는데, 갑자기 등 뒤가

싸늘해졌다.

"윤상이 씨."

등 뒤에서 들려오는 목소리에 상이는 바짝 굳은 채 고장 난 로봇처럼 삐거덕거리며 뒤를 돌았다. 그리고 상이를 한심하다는 눈빛으로 쳐다보는 마귀할멈, 아니 팀장과 눈이 마주쳤다.

"으이구, 빠져서."

"안녕하세요?"

"이 대리가 너 보조로 받겠다고 해서 내가 그러라고 했지만."

팀장이 허리에 손을 얹고 실눈을 뜨며 상이를 노려보았다.

"지금 마이너스 백 점이야."

"죄송합니다."

그저 고개를 숙일 수밖에 없었다. 팀장의 평가에 반박할 여지가 없었기 때문이다. 상이의 머릿속에서 알람을 못 들은 자신에 대한 자책이 끝없이 이어졌다. 어쩌자고 새벽까지 인수의 음악을 편곡해버린 것일까.

"이번에 그 이유진 대리랑 같이 픽업한 신삥. 아, 누구더라… 그…."

"인수요! 강인수."

"강인수! 그래, 맞아. 그 친구 좀 묘하단 말이지."

인수를 떠올린 팀장은 괜찮은 신인을 찾았다는 뿌듯함에 저도 모르게 흐뭇한 미소를 지었다. 그러다 자신의 앞에서 멀뚱멀뚱 큰 눈을 깜박이는 상이를 보고는 정색했다.

"아무튼 파격 승진했으니까 강인수 잘 키워서 점수 만회해야지?"

"열심히 하겠습니다!"

"알잖아. '열심히' 따위 필요 없다는 것."

각오를 다지며 호기롭게 답하는 상이에게 마지막까지 잔소리하는 것을 잊지 않은 팀장이 몸을 돌려 팀장실로 향했다. 머쓱해진 상이는 팀장의 등을 향해 허리를 꾸뻑 숙이고는 쭈뼛쭈뼛 자신의 자리로 걸음을 옮겼다.

"안녕… 하세요."

인수는 사람들이 일에 집중하면서 만들어낸 무거운 공기에 짓눌려 기어들어가는 목소리로 인사를 하고 조심스럽게 컴퓨터를 켰다. 가방을 내려놓고 핸드폰에 충전기를 끼운 후 오늘의 업무를 확인했다. 오늘은 인수의 녹임이 있는 날이라 곧 녹음실로 이동해야 했다.

"상이 씨."

지현이 상이를 불렀다. 상이는 벌떡 일어나 지현의 자리로 갔다.

"이거 보도 자료인데 오탈자 좀 확인해줄래요?"

"저, 저, 그런데 제가 녹음실에 좀…."

"급한 거니까 이거 빨리하고 가면 되겠네. 그치?"

지현은 강인수 프로젝트를 못마땅하게 여기던 참이었다. 유진이 강인수인가 뭔가 하는 듣도 보도 못한 신인을 들이미는 바람에 자신의 기획이 무산되었다는 생각을 지울 수 없었다. 그러니 유진과 함께 강인수 프로젝트를 담당하는 상이가 곱게 보일 리 없었다. 지현은 손에 든 서류를 흔들며 어서 가져가지 않고 뭐하냐는 눈빛을 보냈고, 상이는 결국 서류를 받아 들고 제자리에 돌아와 앉았다.

'어쩔 수 없지. 빨리 해치워버리자.'

그렇게 마음을 다잡고 지현에게 받은 보도 자료의 오탈자를 확인하기 시작했다. 그런데 오탈자 말고도 내용 전달이 잘 안 되는 문장이 의외로 많았다. 어디서부터 어디까지 손을 대야 할지 갈피를 잡을 수 없었다. 지현에게 물어볼까 싶어 흘깃 그녀를 돌아봤지만, 냉랭한 표정으로 노트북 화면을 바라보는 지현에게 대답을 듣기는 어려울 것 같았다. 잘해서 점수를 만회하라던 팀장의 말이 떠올라 상이는 다시 한번 각오를 다지고 인터넷 사전을 열었다.

"윤상이 씨."

지현이 약간 짜증 섞인 목소리로 상이를 불렀다.

"그거 급한 거라니까. 오래 걸리면 그냥 다시 주시고요."

"아… 죄송합니다. 금방 작성해서 인쇄할게요."

그까짓 오탈자 수정하는 데 뭔 시간이 그리 걸리는지. 지현은 일 처리가 느린 상이가 답답해 인상을 찡그렸다. 그리고 조금 전까지 진행하던 업무에 다시 손을 대려는데 상이가 그녀를 불렀다.

"저, 이유진 대리님 어디 계신지 혹시 아세요?"

질문할 시간에 어서 보도 자료나 수정해줬으면 싶었지만, 일단 상이의 직속상관이 유진이라는 점을 생각해 순순히 알려줬다.

"녹음실에 있겠지. 그 친구, 강… 누구지?"

"강인수. 강인수요!"

"뭐, 그래. 그 친구 테스트한다고."

대답을 마친 지현이 다시 업무를 보려는데 상이가 눈치 없이 질문을 이어갔다.

"저기, 대리님이 보시기엔 어떠셨어요?"

"팀장님이 좋다고 하셨으니까 뭐가 되도 되겠지?"

지현은 유진 때문에 자신의 기획이 엎어진 일은 유감이었지만, 이 분야의 전문가로서 강인수에 대한 팀장의 평가에는 동의했다. 확실히 강인수는 사람의 마음을 잡아끄는 색다른 매력이 있었다.

상이는 강인수 프로젝트에 불만이 많아 보였던 지현이 인수를 인정하는 듯한 말을 하자 의외라고 생각하면서도 역시 인수의 매력은 누구에게나 통하는 것이구나 싶어 절로 뿌듯한 미소가 지어졌다. 상이의 웃는 얼굴에 괜히 민망해진 지현이 상이를 재촉했다.

"아무튼 그거나 좀 빨리해줘!"

"네!"

힘차게 대답한 상이는 다시 보도 자료 수정에 집중했다. 어서 끝내고 녹음실로 가자는 일념뿐이었다.

유진은 인수와 민성을 데리고 녹음실에 들어가 그들을 기다리던 프로듀서 정후에게 다가갔다.

"자기야. 오늘 테스트해볼 인수 씨. 그리고 여긴 매니저 민성 씨예요."

"안녕하세요?"

"잘 부탁드립니다."

정후는 사람 좋은 웃음을 지으며 허리를 숙이는 민성과 조금 긴장한 듯 딱딱한 표정으로 인사하는 인수를 바라보았다.

"이쪽은 녹음 총 책임을 맡은 박정후 프로듀서."

"긴말할 거 없고, 바로 녹음 들어갑시다."

유진의 소개에 정후는 고개만 까닥하고 바로 믹서 앞에 앉았다. 유진은 못 말린다는 표정으로 고개를 저으며 다시 인수와 민성에게 시선을 돌렸다.

"인수 씨는 부스로 들어가서 목 좀 풀고, 민성 씨는 저기 뒤에 소파에 앉아서 기다릴래요?"

"네."

인수는 겉옷을 벗어 민성에게 건네고 기타를 꺼내 녹음 부스로 들어갔다. 인수가 기타 줄을 튕기며 튜닝을 하고 마이크 위치를 잡는 사이 유진은 정후 옆에 다가섰다.

"어때?"

"뭐, 일단 생긴 건 나쁘지 않네. 그래도 가수는 노래를 잘해야지."

정후의 심드렁한 표정을 본 유진은 아무 말도 하지 않고 의미심장한 웃음만 지었다. 정후는 그런 유진을 무시하고 마이크를 켰다.

"강인수 씨, 준비됐어요?"

정후의 말에 인수는 눈을 감고 숨을 한 번 깊게 들이쉬었다 내뱉었다. 눈을 뜬 인수의 얼굴은 어느 때보다 침착하고 또 진지했다.

"네. 준비됐습니다."

"그럼 시작합시다."

정후의 말을 신호로 인수의 손가락이 기타 위에서 움직이기 시작했다. 잔잔한 기타 선율과 함께 낮고 부드러운 인수의 목소리가 녹음실을 채워갔다. 인수의 노래가 시작됨과 동시에 심드렁했던 정후의 눈이 반짝였다. 그리고 곧 재밌는 걸 발견했다는 표정으로 인수를 바라보기 시작했다.

"어허, 괜찮네, 저 친구."

인수의 가능성을 인정한다는 뜻이었지만 유진에겐 정후의 평가가 다소 박하게 들렸다.

"자기는 잘생긴 사람만 보면 평가가 박하더라. 괜찮은 정도가 아니잖아."

"그러는 자기는 잘생긴 친구만 보면 노래 듣기도 전에 좋아하더라. 뭐야. 벌써 반한 거야?"

정후의 핀잔에도 유진은 굴하지 않았다.

"잘생겼고 노래도 잘하잖아. 촉이 안 와? 어우. 난 너무 좋은데."

유진은 정후를 밀어내다시피 하며 녹음실과 연결된 마이크 버튼을 눌렀다.

"인수 씨! 너무 좋아요. 혹시 다른 노래도 있으면 들어보고 싶은데."

"네. 그런데 잠시 쉬었다 가도 될까요?"

유진이 고개를 끄덕이자 인수가 헤드폰 벗었다.

"좋지?"

유진이 슬쩍 정후에게 물었다. 정후는 말없이 고개만 끄덕였다.

"자기 촉으론 어떨 것 같아?"

"뭐가 어때. 완전 잘 잡았지. 저 정도면 로또야, 로또. 대박이야. 어디서 저런 친구를 픽업했어? 유진 씨 능력 좋다."

정후의 솔직한 칭찬에 유진은 어깨를 으쓱했다. 인수의 실력이 기대 이상이기도 했지만, 인수를 발견한 자신의 안목이

"강인수 씨, 준비됐어요?"

"네. 준비됐습니다."

"그럼 시작합시다."

인정받자 더욱 만족스러웠다. 그러고 보면 강인수라는 가수를 발견한 데에는 상이의 공이 컸다. 상이가 인수의 영상을 그녀에게 보여준 덕에 이 프로젝트가 시작될 수 있었으니까. 새삼 상이에게 고마워해야겠다고 생각하는데, 불현듯 상이가 연락도 없이 녹음실에 나타나지 않았다는 사실을 깨달았다.

'분명 오늘 녹음을 기다리고 있었을 텐데.'

녹음 일정을 몇 번이나 확인하던 상이었다. 무슨 일이 생긴 건 아닐까 걱정이 되기 시작했다. 유진은 핸드폰을 꺼내 들었다. 그리고 그와 동시에 카톡 알림이 울렸다.

발신자는 '윤상이 씨'였다.

"늦어서 죄송합니다, 대리님."

상이는 서류를 인쇄해 지현에게 건넸다. 이제 녹음실에 갈 수 있다는 생각에 가슴이 설레었다. 그러나 지현은 무심한 표정으로 새로운 일을 맡겼다.

"메신저로 엑셀 파일 하나 줄 테니까, 음원 판매 현황 자료 좀 차트로 작성해서 다시 공유해줄래요?"

상이는 행여 인수의 녹음 시간을 놓칠까 싶어 마음이 조급해졌다.

"아, 혹시 급하신가요?"

"뭐라고요?"

"좀 여유가 있으면 저 잠시 녹음실에 다녀와도 될까요?"

"녹음실은 왜?"

"혹시 이유진 대리님께서 필요하신 게 있을까 싶어서요."

지현이 어이없다는 표정을 지으며 한숨을 내쉬었다. 그리고는 아무 말 없이 상이를 빤히 바라보았다. 잠시 숨 막힐 듯한 침묵이 흐른 뒤 지현의 뜻을 눈치챈 상이가 가까스로 답했다.

"아, 아닙니다! 바로 작성해서 재공유하겠습니다."

자리에 앉아 지현이 보낸 엑셀 파일을 확인한 인수는 한숨이 나왔다. 한두 시간 안에 끝낼 수 있는 분량이 아니었다. 아무래도 녹음실에 가긴 그른 것 같았다. 인수가 녹음하는 순간을 보지 못하다니. 사무실에 들어오다 팀장과 마주쳐 한 소리 들었을 때부터, 아니 회사에 지각했을 때부터, 아니 아침에 늦게 일어났을 때부터 오늘 하루는 이미 운수가 사나울 예정이었나 보다. 정말 속상한 하루였다.

'진짜 최악이야.'

핸드폰 홈 화면에 뜬 '오늘의 일정 – 강인수 녹음 10:00'라는 문구와 11시가 넘어간 현재 시각을 확인하자 상이의 기분은 더욱 가라앉았다. 핸드폰을 만지작거리며 고민하던 상이는 곧 마음을 굳히고 카톡 창을 열어 빠른 손놀림으로 유진에게 메시지를 보내기 시작했다.

'대리님, 녹음은 잘 진행되고 있을까요? 어시스턴트인 제가 가서 도와드려야 하는데, 지현 대리님께서 시키신 업무가 있어 사무실에서 못 나가고 있습니다. 죄송해요. 제가 이 일을 마치고 녹음실로 이동하면 녹음이 다 끝나 있을 것 같은데… 어떡하죠?'

상이는 속으로 '도와주세요, 유진 대리님!' 하고 외쳤다. 인수를 만나기 위해 스물네 살 인생 처음으로 꼼수를 부려보기로 했다. 핸드폰을 두 손으로 꽉 쥐고 메시지 옆에 숫자 1만 뚫어져라 쳐다보았다.

'아! 사라졌다.'

그리고 잠시 뒤, 지현의 핸드폰이 울렸다. 통화를 하는 지현의 얼굴이 점점 일그러졌다.

"아니, 왜 나한테 뭐라고 그래? 알았어. 네네, 알겠다고요."

통화를 끝낸 지현이 신경질적인 목소리로 상이를 불렀다.

"윤상이 씨."

이름이 불린 상이는 심장이 튀어나올 것처럼 두근거리기

시작했다.

"네. 다 되어가는데요."

"아니, 그게 아니고. 이유진 대리가 자기 좀 빨리 보내라는….'

"다녀오겠습니다!"

지현이 말을 다 끝마치기도 전에 상이는 자리에서 벌떡 일어나 핸드폰만 챙겨 들고 그대로 사무실 밖으로 뛰쳐나갔다. 뒤늦게 사건의 진상을 깨달은 지현은 어이없는 표정으로 중얼거렸다.

'뭐야. 이 대리한테 꼰지른 거야?'

녹음실은 사무실에서 차를 타고 빙 돌아가면 20분, 지름길을 이용해 달려가면 15분 만에 도착할 수 있는 거리에 있었다. 회사를 빠져나온 상이는 조금의 망설임도 없이 지름길을 택해 녹음실 방향으로 달렸다. 숨이 가빠질수록 녹음실은 가까워졌고, 덩달아 심장도 거세게 뛰었다. 달려서 숨이 차는 것인지, 인수를 만날 생각에 마음이 부풀어 숨이 차는 것인지 스스로도 알 수 없었다. 그저 조금이라도 빨리 녹음실에 도착하고 싶었다. 그가 있는 곳에 가고 싶었다. 그를 만나고 싶었다.

녹음실은 사무실에서 차를 타고 빙 돌아가면 20분,

지름길을 이용해 달려가면 15분 만에

도착할 수 있는 거리에 있었다.

회사를 빠져나온 상이는 조금의 망설임도 없이

지름길을 택해 녹음실 방향으로 달렸다.

그렇게 도착한 녹음실 앞에서, 상이는 거친 숨을 골랐다. 그리고 녹음실 문을 거울 삼아 몸을 단장하기 시작했다. 달리면서 헝클어진 머리도 다시 매만지고, 흐트러진 옷매무새도 다 잡았다. 이상한 곳은 없는지 다시 한번 확인하고 또 확인했다.

녹음실 문을 열기 전, 긴장으로 축축해진 손바닥을 바지에 문지른 상이는 마지막으로 크게 한숨을 몰아쉬었다. 그리고 녹음실 문손잡이를 잡았다. 이 문 너머에 그가 있었다. 힘을 주어 손잡이를 돌리려던 그때, 등 뒤에서 인기척이 느껴졌다. 본능적으로 고개를 돌린 상이는 자신의 뒤에 서 있는 사람을 발견하고 그대로 굳어버렸다. 인수였다.

'이 사람이 왜 여기에?'

녹음실 안에서 테스트 중일 줄 알았던 인수가 왜 여기에 있는 걸까. 그리고 왜 반가운 사람을 만난 것처럼 활짝 웃는 것일까. 게다가 어째서 할 말이 있는 사람처럼 입술을 달싹이는 것일까. 알 수 없는 상황에 상이의 심장이 터질 듯 두근거렸다.

'이 사람이 왜 여기에?'

녹음실 안에서 테스트 중일 줄 알았던 인수가 왜 여기에 있는 걸까.

그리고 왜 반가운 사람을 만난 것처럼 활짝 웃는 것일까.

게다가 어째서 할 말이 있는 사람처럼 입술을 달싹이는 것일까.

05 너의 손을 잡다

녹음실 안쪽에 자리한 회의실에 상이와 유진, 인수와 민성이 마주 보고 앉았다. 마치 전쟁을 앞둔 양 진영이 대치하는 모양새 같다고 상이는 생각했다. 그만큼 유진의 표정은 비장했다. 유진의 신호를 받은 상이는 클리어 파일에서 회사가 요구하는 계약 조건을 정리한 가계약서를 꺼내 인수와 민성 앞에 놓았다. 인수는 그런 상이의 움직임을 쫓았다. 인수의 시선이 느껴졌지만, 상이는 모르는 척 자신의 앞에 놓인 가계약서만을 응시했다. 하지만 사실 내용은 한 글자도 눈에 들어오지 않았다.

"계약에 앞서 지금부터 말씀드릴 네 가지 사항은 반드시 지켜주셔야 합니다. 물론 계약서에도 담길 조항이고요."

유진이 입을 열었다. 하지만 인수는 서류 쪽으로는 눈길도 주지 않고 유진과 상이를 번갈아 바라보았다. 오히려 민성이 진지한 얼굴로 계약 내용을 읽기 시작했다.

"첫째, 숙소는 회사에서 제공하며 회사의 적절한 통제를 따른다."

첫 번째 조항을 읽은 민성이 인수의 눈치를 살폈다. 인수가 별다른 내색을 하지 않자 민성은 다시 계약서를 읽어나갔다.

"둘째, 페이스북이나 인스타그램 같은 개인 SNS 계정을 삭제, 혹은 회사에 위임하여 운영토록 한다."

회의실에 적막이 흘렀다. 어떤 설명을 덧붙여야 할지 몰라 분위기를 살피던 상이는 유진에게 시선을 던졌다. 유진은 상이에게 맡기겠다는 눈짓을 했다. 어떻게 말해야 인수의 기분이 상하지 않을까. 상이는 어떻게든 이 계약을 성사시켜 '내가 좋아하는' 인수의 음악을 더 많은 사람들에게 들려주고 싶었다. 짧은 순간 많은 생각이 스쳤다.

"아, 저… 이게, 아무래도 신인은 신비로움이 있어야 하니까요."

"아니 요즘 같은 세상에 무슨…."

민성이 못마땅한 목소리로 구시렁거렸다. 민성은 뭔가 떨

떠름했지만 계속해서 계약 조항을 읽어 내려갔다.

"셋째, 수익 배분은 7 대 3. 회사가 7, 아티스트가 3."

이때까지도 인수는 별다른 반응을 보이지 않았다.

"넷째, 음반 제작 시 회사의 감독을 따른다. 저기요, 이건 어디까지나 제가 우리 강인수 군의 조금 전까지의 매니저로서 말씀을 드리는 건데요. 이건 좀…."

민성의 말에 대꾸하려고 유진이 막 입을 떼려는데, 그보다 한발 앞서 인수가 입을 열었다.

"이 모든 걸 이대로 가야 하나요?"

유진은 감정 없는 톤으로 묻는 인수의 무표정한 얼굴을 유심히 바라보았다. 그가 이런 질문을 하는 의도가 무엇인지 파악해보려 했지만, 그의 표정에서 의중을 읽긴 어려웠다. 가장 무난한 답변을 내놓기로 했다.

"이건 우리 회사의 스탠다드에요. 지켜주면 좋겠지만, 조율하고 싶은 사항이 있다면 말씀해보세요."

유진의 말을 들은 인수가 잠시 생각하더니 자신의 조건을 말하기 시작했다.

"개인 SNS 계정 위임하겠습니다. 대신 데뷔 전까지 저에 대한 모든 정보는 철저히 비밀로 해주세요. 외부의 어떤 누구도 알지 못하도록 말입니다. 그리고 회사에서 제공하는 숙소는 싫습니다. 제가 현재 사는 곳에서 지내고 싶습니다."

고개를 끄덕이며 인수의 말을 듣던 유진은 숙소 생활을 거부하는 인수의 강한 어조에 고개를 갸웃했다. SNS 위임과 같은 민감한 사생활 관리 조항도 수용하고, 심지어 회사 측이 먼저 요구하고 싶었지만 인수가 꺼릴까 봐 차마 넣지 못했던 신상 감추기 조항까지 먼저 제안하길래 속으로 쾌재를 불렀는데, 숙소 생활은 단칼에 싫다고 거절한다니?

"혹시 무슨 이유가…?"

유진이 슬쩍 떠볼 생각으로 말끝을 흐렸다. 그런데 인수의 대답은 고민하고 내놓은 답변이라기엔 꽤 얼토당토않았다.

"짐 빼는 게 귀찮아서요."

인수의 대답에 유진은 물론 상이까지 어처구니없다는 표정을 지었다. 민성이 어색한 분위기를 수습하기 위해 재빠르게 나섰다.

"아니, 우리 인수가 저기, 음악 빼면 다 귀찮아하거든요."

민성이 인수를 위해 변명을 늘어놓는 동안 유진은 인수를 바라보았다. 유진의 시선을 피하지 않고 마주 보는 인수의 눈동자는 흔들림이 없었다.

'자기만의 고집이라는 건가? 재밌네, 이 친구.'

"좋아요. 대신 회사의 적절한 통제는 필요하겠죠?"

"물론입니다."

"회사에서 지정한 직원을 상주시키도록 하겠습니다."

"상관없습니다."

유진이 인수의 요구를 승낙하자, 인수 역시 유진의 요구에 흔쾌히 응했다. 이후 나머지 계약 내용 조율은 순조롭게 진행되었다.

"수익 배분에는 불만 없는 건가요?"

"수익 배분은 백지위임 하겠습니다."

수익 분배까지 회사의 의견에 무조건 따르겠다고 하자 오히려 당황한 사람은 유진이었다. 음악 활동으로 벌 수 있는 수익은 매우 불안정하기에 그녀가 이제까지 상대했던 대다수의 가수들은 수익 배분 문제에 매우 민감하게 반응했기 때문이다.

"저한테 수익보다 중요한 건 제 음악이 음원으로 나와서 차트에 올라가는 겁니다. 그렇게만 된다면 나머지는 회사의 의견을 적극적으로 수렴하겠습니다."

"굳이 왜… 무슨 이유라도…."

유진의 질문에 인수가 침묵했다. 유진은 인내심을 갖고 인

"저한테 수익보다 중요한 건 제 음악이
음원으로 나와서 차트에 올라가는 겁니다.
그렇게만 된다면 나머지는 회사의 의견을
적극적으로 수렴하겠습니다."

수의 대답을 기다렸다.

"제 음악을 꼭 들려주고 싶은 사람이… 있거든요."

예상치 못한 대답이었다.

"꼭 들려주고 싶은 사람이라. 여자 친구? 애인?"

인수는 유진의 질문에 시선을 돌렸다. 그의 시선이 머문 곳에 상이가 있었다. 영문을 모르겠다는 표정으로 자신을 바라보는 상이와 눈이 마주친 순간, 인수는 잠시 그 눈을 바라보았다. 그러나 더 이상 아무 말도 하지 않았다. 잠시 후, 인수의 대답을 들을 수 없을 것이라 판단한 유진이 대화 주제를 바꾸었다.

"그럼 상주할 직원을 지금 정해도 괜찮죠?"

"네. 좋아요. 빈방도 하나 있습니다. 어느 분하고 지내면 되나요?"

인수의 질문에 유진은 망설임 없이 옆에서 묵묵히 듣고 있던 상이를 가리켰다.

"여기 상이 씨."

유진의 말에 인수가 의외라는 듯 살짝 놀란 표정을 지었다. 하지만 인수의 반응은 상이에 비하면 놀란 것도 아니었다. 유진이 자신의 이름을 말하는 순간 더 이상 크게 떠질 수 없다고 생각했던 상이의 두 눈이 더욱 커진 것이다. 인수는 진심으로 당황한 상이를 보며 엉뚱한 생각에 사로잡혔다. 상이의 눈이 동그랗고 예쁜 유리구슬 같다는 생각.

"네? 저요?"

목소리 톤이 세 음 정도 올라간 상이를 무시한 채, 유진은 상이 자신도 몰랐던 역할을 소개했다.

"상이 씨는 막내 프로듀서이자 저의 어시스턴트고요. 앞으로 인수 씨가 데뷔할 때까지 동고동락할 매니저이기도 합니다."

상이의 등줄기를 타고 식은땀이 흘러내렸다.

'대체 이게 무슨 소리일까요, 대리님. 저는 다 오늘 처음 듣는 이야기인데요.'

상이는 설명을 바란다는 듯 간절한 눈빛으로 유진을 바라보았지만, 유진은 상쾌하게 웃는 얼굴로 모든 답을 대신했다. 그녀의 표정은 이렇게 말하고 있었다.

'그렇게 됐어. 그러니까 잘 부탁해, 상이 씨.'

놀람을 지나 황당함을 넘어 난감한 상태에 이른 상이가 이내 체념하고 고개를 숙였다. 그때 불쑥, 상이의 시선 밑으로 커다란 손이 들어왔다. 길고 곧은 손가락, 마디가 굵지 않아 제법 고와 보이는 손가락이었지만 그 끝엔 기타를 치는 사람 특유의 굳은살이 박여 있었다. 손의 주인을 찾아 고개를 들자 옅은 미소를 띤 인수의 얼굴이 보였다.

"강인수입니다. 앞으로 잘 지내봐요, 우리."

"어어, 네. 윤상이입니다. 잘 부탁드려요."

무슨 상황이 벌어진 건지 이해하기도 전에 다음 일이 착착 진행되자 당황스러웠다. 조심스레 내민 상이의 손을 인수가 힘차게 잡았다. 악수가 끝났는데도 인수는 손을 놓지 않고 상이의 얼굴을 한참 바라보았다. 얼굴에 띤 미소가 녹음실 앞에서 마주쳤을 때보다 더 환해졌다. 상이는 자신을 향해 미소 짓는 인수의 얼굴이 참으로 근사하다는 사실을 깨닫곤 괜스레 얼굴이 빨개졌다.

퇴근 후, 집으로 돌아온 상이는 겉옷을 벗어 대충 침대 위에 던져놓았다. 눈으로 방을 훑어보다가 가장 먼저 키보드를 끌어안았다.

"네가 없으면 안 되지."

품 안의 키보드를 소중하게 쓰다듬은 후 노트북을 챙겼다. 몸은 기계적으로 움직이지만 정신은 계속 멍한 상태였다. 아직도 낮에 벌어진 일이 실감 나지 않았다. 인수와의 동거는 여러 의미에서 상이를 두근거리게 했다. 동경하던 뮤지션과 한 공간에서 생활하며 그를 가까이서 지켜볼 수 있다는 설렘. 그리고 낯선 이와 한 공간에서 온종일 생활해야 한다는 불안감.

솔직히 설렘보다는 불안감이 더 컸다. 상이는 사교적인 성격도, 넉살 좋은 성격도 아니었다. 말수가 적고 낯을 가리는 탓에 지금 회사에서 처음 일할 당시만 해도 직원들과 어울리기 어려워했다. 다행히 유진이 옆에서 잘 챙겨주었고, 다른 직원들도 막내인 상이를 귀여워하며 적응할 때까지 기다려주었기에 어느 정도 대화를 나눌 수 있게 되었다. 이런 자신의 성격을 잘 아는 상이는 인수와의 동거 생활이 당연히 걱정될 수밖에 없었다.

'혹시 폐를 끼치면 어떡하지. 나를 싫어하게 되면 어떡하지.'

아직 인수의 집에 들어가지도 않았는데 벌써 걱정이 태산이었다. 그렇게 걱정의 한숨 반, 탄식 반으로 주섬주섬 짐을 챙기다 보니 캐리어 하나가 물건으로 가득 찼다. 가져갈 짐을 대강 정리하고 나자 피곤이 몰려왔다. 잠시 침대 위에 누웠다.

"비록 잠깐이지만 이 집과도 안녕이로구나."

작지만 아늑한 집. '홈 스위트 홈'이 괜한 말이 아니었다. 하지만 인수와 함께할 음악 작업을 생각하면 설레는 것도 사실이었다. 오늘 낮, 웃는 얼굴로 악수를 청하던 인수의 모습이 떠올랐다. 인수의 손에 닿았던 오른손을 가만히 바라보았다. 자신의 손을 감싸던 곧은 손가락과 손바닥의 체온. 따뜻한 손이었다고 생각하는 순간, 휴대전화가 울렸다. 유진이었다.

카페 문을 열고 들어선 상이는 안쪽 자리에서 핸드폰을 내려다보는 유진을 발견하고 그쪽으로 걸음을 옮겼다. 유진은 핸드폰 게임에 열중하고 있었다. 상이가 다가서도 멈추지 않고 손가락을 현란하게 움직였다. 그러나 3초도 되지 않아 게임아웃.

"아, 죽었네. 여태 공들였는데. 앉아."

"어쩐 일이세요?"

"그냥. 보고 싶어서?"

"네?"

장난기 가득한 대답에 상이가 당황한 듯 멍멍한 표정을 짓자 유진이 키득거렸다.

"뭘 또 놀래! 당연히 농담이지. 중대한 임무를 주려고 왔는데 은근 기분 나쁘네."

"죄송합니다."

대놓고 안도의 한숨을 내쉬는 상이를 보며 유진이 서운한 듯 눈을 흘기자, 상이가 미안하다며 멋쩍게 웃었다. 미안해 어쩔 줄 모르는 상이도 귀엽다고 유진은 생각했다.

"됐고. 내일부터 합숙인가?"

"네."

"좋지?"

"네. 아, 아뇨. 네, 아니, 그러니까 그게…."

"강인수 팬이 강인수랑 동거하게 됐으니 좋지 뭘."

어쩐지 정곡을 찔린 것 같은 기분에 상이는 눈동자를 굴리며 화제를 돌렸다.

"그런데 무슨 임무요?"

화제를 돌리려는 속셈이 빤히 드러나는 상이를 더 놀리고 싶었지만, 늦은 시간 상이를 찾아온 목적이 있는 유진은 차분한 표정으로 이야기를 꺼냈다.

"강인수 말이야. 24시간 지켜봐 줘. 애인이나 그 밖에 일들, 즉 회사가 알아내지 못하는 정보를 잡아달란 말이지."

유진의 말이 끝나기도 전에 상이의 표정이 일그러졌다.

"왜? 싫은 거야?"

"그게, 감시하라는 말이잖아요…."

"강인수 말이야. 24시간 지켜봐 줘.
애인이나 그 밖에 일들,
즉 회사가 알아내지 못하는 정보를 잡아달란 말이지."
"그게, 감시하라는 말이잖아요⋯."

머뭇거리는 상이를 보며 유진은 작게 한숨을 쉬었다. 소심하고 여린 상이 성격에 감시자 역할을 맡기면 거부감을 가질 것임은 예상한 바였다. 하지만 유진에게 강인수는 매력 있는 아티스트이기 이전에 자신이 처음으로 책임지고 데뷔를 담당하는 프로젝트 대상이었다. 성공적인 입봉을 위해서도 인수의 데뷔는 반드시 순조로워야 했다.

"강인수 데뷔 시켜야지, 그것도 아주 잘! 상이 씨 덕분에 다이아몬드 원석을 찾긴 했지만, 정신 차려. 아직 다듬어야 할 부분이 많으니까. 지금부터 내가 하는 말 명심해. 우린 아티스트를 발굴해서 키우는 사람들이기도 하지만 결국 시장에 내놓을 상품을 만드는 사람들이라고. 전쟁 치르는 장수들이랑 다를 게 없어. 상품성을 떨어뜨릴 그 어떤 낌새라도 발견되면 미리 싹을 잘라야 하는 거야."

조곤조곤 설득하는 유진의 말이 틀리진 않았지만, 아무리 인수를 위해서라고 해도 인수의 동의 없이 그를 감시한다는 사실 자체가 마음에 걸렸다. 인수를 속이는 것 같아 기분이 좋지 않았다. 하지만 유진은 단호했다. 이번 프로젝트에 인수뿐만 아니라 자신의 미래가 달려있었다. 절대로 실패하고 싶지 않았다.

"무엇이 됐든 앞으로가 중요해."

망설이는 상이에게 유진이 다시 한번 딱 잘라 말했다.

"이건 회사 카드. 앞으론 이걸 써. 명심해. 이걸 받는다는 건 전투 개시하겠다는 소리야."

상이는 앞에 놓인 법인 카드를 바라보기만 할 뿐 쉽사리 손을 뻗지 않았다. 유진은 상이를 재촉하지 않았다. 상이가 결국 자기 뜻에 따라주리라 믿었기 때문이다. 유진에게 인수를 알려준 사람은 상이였고, 유진보다 더 인수의 데뷔를 바라는 사람도 상이일 테니까. 당장은 갈등하겠지만, 자신의 말을 따르는 것이 인수를 위하는 길이라는 사실을 금방 깨닫게 될 터였다.

할 말을 마친 유진이 먼저 자리에서 일어났다. 그리고 여전히 법인 카드를 내려다보면서 마음의 결정을 내리지 못하는 상이를 향해 한마디를 던졌다.

"궁금하지 않아? 강인수의 진짜 모습."

유진이 사라진 뒤에도 상이는 한참 동안 카페에 오도카니 앉아 있었다. 생각이 많아지는 밤이었다.

상이는 핸드폰으로 인수가 보내준 주소를 확인해보았다. 키보드를 어깨에 둘러메고 노트북과 간단한 옷가지가 담긴 캐리어를 끌며 동네를 두리번거리던 상이의 눈에 할인마트가 들어왔다.

'참, 엄마가 남의 집에 처음 갈 땐 빈손으로 가는 거 아니랬는데.'

처음 가는 인수의 집. 인수가 동의했다고는 하지만 어쨌든 그가 데뷔할 때까지 그의 집에서 신세를 져야 하는데, 이렇게 빈손으로 가는 건 예의가 아닐 터였다. 무거운 캐리어를 끌고 마트로 곧장 걸어갔다. 그리고 망설임 없이 마트 앞에 진열된 커다란 두루마리 휴지 묶음을 골라 계산대로 향했다.

"사장님, 이거 계산해주세요."

"11,900원이요."

주머니에서 지갑을 꺼내 열자 나란히 꽂혀 있는 카드 두 개가 보였다. 하나는 상이의 개인 체크카드였고 또 하나는 어제 유진이 주고 간 법인 카드였다. 잠시 망설이던 상이는 이내 카드 하나를 꺼내 사장님에게 건넸다. 자신의 체크카드였다.

한쪽 어깨엔 키보드를 매고, 캐리어 위에 방금 산 두루마리 휴지 묶음을 얹고 상이는 인수의 집 앞에 섰다. 이제 이 문을 열고 안으로 들어가면 인수와의 동거가 시작된다. 어제 유진이 상이에게 부여한 임무부터 지갑에 든 법인 카드까지, 많은 생각이 교차했다. 앞으로 어떤 일이 벌어질지 한 치 앞도 예상할 수 없었지만, 한 가지만은 확실했다. 여기까지 온 이상 되돌아갈 수는 없다는 것. 깊게 심호흡을 한 후 상이는 손가락을 뻗어 초인종을 눌렀다.

딩동.

안에서는 아무 소리도 들리지 않았다.

'혹시 자나?'

어젯밤 인수에게 오늘 이 시간쯤 도착할 것 같다고 미리 연락해두었고, 인수도 알겠다고 대답했으니 집을 비우지는 않았을 터였다. 어쩌면 어젯밤 늦게까지 음악 작업을 하고 여태 잠을 자는 걸지도 몰랐다. 자는 사람을 깨우고 싶지는 않았지만 계속 문 앞에서 기다릴 수도 없는 노릇이라 상이는 다시 한번 초인종을 눌렀다.

딩동. 딩동.

안쪽에서 희미하게 문을 여는 소리가 들렸다. 두근두근. 심장박동이 빨라지기 시작했다. 세차게 뛰는 가슴을 진정시키려고 노력했다. 현관문 열리는 소리가 들리자마자 상이는 꾸뻑 고개를 숙였다.

"아, 안녕하세요?"

"왔어요?"

반가운 듯 인사를 건네는 그의 목소리에 고개를 든 상이는 그대로 얼어버렸다. 전혀 예상하지 못한 모습으로, 인수가 서 있던 것이다.

앞으로 어떤 일이 벌어질지
한 치 앞도 예상할 수 없었지만,
한 가지만은 확실했다.
여기까지 온 이상 되돌아갈 수는 없다는 것.

06 너의 시선이 머무는 곳

'왜, 왜, 왜! 도대체 왜! 벗고 있는 것이냐고요!'

상이는 어디에 눈을 둬야 할지 몰라 허둥댔다.

"샤워하느라 벨 소리를 못 들었네요. 오래 기다렸어요?"

말 그대로 막 샤워를 마친 것인지, 인수는 청바지만 입은 차림이었다. 젖은 머리카락에서 떨어진 물방울이 인수의 목덜미를 타고 쇄골을 지나 가슴을 미끄러져 복근으로 흘러내리고 있었다.

"아…아, 아…아니요."

상이는 순식간에 얼굴을 붉히며 시선을 피하고 말을 더듬거렸다. 그런 상이의 모습을 보고 한쪽 눈썹을 올린 인수는 상이가 안으로 들어올 수 있도록 한쪽으로 비켜섰다.

"들어오세요. 짐은 이게 전부?"

"네…."

상이는 최대한 인수의 몸을 보지 않으려고 애쓰면서 짐을 챙기고는 인수의 몸에 닿지 않도록 어깨를 움츠리며 집안으로 들어왔다. 등 뒤로 문이 닫히자 무사히 집 안으로 들어왔다는 생각에 고개를 들었다. 집 안을 보는 순간 다시 한번 얼어버릴 수밖에 없었다.

'와! 이런 집에서 살고 있었구나!'

상이의 자취방보다 적어도 열 배, 아니 서른 배는 넓은 듯했다. 널찍한 거실 한가운데에는 그랜드 피아노가 위용을 뽐내고 있었다. 커다란 소파와 세련된 책장, 하얀색 시트가 정갈하게 씌어 있는 킹사이즈의 침대. 가구부터 조명, 집 안 곳곳에 전시된 작은 소품 하나하나가 모두 고급스럽고 또 비싸 보였다. 상이의 눈에 인수의 집은 사람이 사는 곳이라기보다 모델하우스 같았다. 아니면 인테리어 잡지에 나오는 유명 건축가의 작품 사진이라든가. 현실감이 느껴지지 않는 공간이었다.

"계속 그렇게 서 있을 거예요?"

인수는 왠지 장난치고 싶은 마음이 들었다. 넋을 놓고 서 있는 상이의 표정엔 놀라움이 가득했다. 크고 동그란 눈, 살짝 벌어진 입술에 자꾸 시선이 갔다. 조금은 귀여워 보이기까지 했다. 수건으로 머리카락에 남은 물기를 털어내며 앞서 걸어가다 말고 설핏 웃었다. 돌아보지 않아도 상이가 자신을 보고 있음을 느낄 수 있었다. 다시 장난기가 발동했다.

"구경 다 했어요?"

"아, 죄송합니다."

멍하니 인수를 바라보던 상이의 얼굴이 붉어졌다. 자기 몸을 다 구경했냐는 의미인지, 아니면 집 구경을 다 했냐는 의미인지 파악하기도 전에 죄송하다는 말이 튀어나왔다. 숙였던 고개를 다시 들자 인수와 마주쳤다. 정확히 말하면 인수의 복근과 마주쳤다. 같은 남자가 보기에도 근사한 복근이었다. 과하지 않고 딱 보기 좋았다. 어디를 봐야 할지 몰라 눈동자를 굴리다가 자연스레 시선이 조금씩 위로 올라갔다. 적당히 발달한 가슴 근육이 눈에 들어왔다. 깊게 파인 쇄골과 넓은 어깨. 늘씬하지만 결코 허약해 보이지는 않는, 탄탄한 몸매였다.

상이가 감탄과 부러움이 가득 담긴 눈빛으로 자신의 몸을 바라보자 인수는 한층 더 짓궂은 마음이 들었다.

"뭘 그렇게 훑어봐요? 혹시⋯ 변태?"

"네? 아, 아니! 그게 아니고! 보려고 본 게 아니고요!"

상이는 펄쩍 뛰면서 아니라며 필사적으로 고개를 저었다. 그러더니 곧 얼굴을 살짝 붉히며 인수의 몸매를 칭찬했다. 사심이라곤 전혀 없는 순수한 칭찬이었다.

"그런데… 몸이 정말 멋져요."

놀랐다가 당황했다가 부끄러워했다가, 짧은 시간 느끼는 감정이 투명하게 드러나는 상이가 인수는 신기하다고 생각했다. 물론 귀엽다는 생각도. 하지만 겉으로는 내색하지 않았다. 대신 주머니에 넣어둔 현관 열쇠를 꺼내 상이에게 던졌다.

"그 짐은 알아서 푸시고. 그건 열쇠."

날아오는 현관 열쇠를 두 손으로 받은 상이는 자그만 열쇠를 손안에 넣고 만지작거렸다.

"근대 집이 신짜 좋네요."

"집이요? 말하자면 한 달 밤을 새워도 부족할 만큼 사연 많은 집인데, 뭐, 나랑 지내다 보면 차츰 알게 되겠죠."

어느새 티셔츠를 걸친 인수가 상이에게 물었다.

"그건 그렇고 나이가…?"

"96년생이요."

"96년생? 동갑이네. 어쩐지 처음부터 끌린다 했지."

인수가 싱긋 웃으며 상이의 어깨를 툭 쳤다.

"2월생이라 빠른 96인데…."

상이는 동갑이라며 친근하게 말을 놓는 인수가 당황스러워 소심하게 덧붙였다. 그러자 인수는 시원시원하게 말했다.

"형 해요, 그럼."

"그런데 띠는 쥐띠거든요."

어수룩한 표정으로 끝말잇기 하듯 말을 이어가는 상이 때문에 인수는 웃음이 터질 뻔했다. 그러나 일부러 웃음을 꾹 참으며 차분한 태도를 유지했다.

"뭐야, 빨리 골라요. 형 할 건지 친구 할 건지."

잠시 심각한 얼굴로 고민하던 상이가 이내 결심한 듯한 표정으로 인수에게 답했다.

"저는 아무거나 다 좋아요."

"그럼 그냥 친구 해. 쥐띠 친구. 잘 부탁한다."

인수가 손을 내밀자 상이가 두 손으로 인수의 손을 맞잡으려 했다. 그 공손한 동작을 본 인수가 피식 웃음을 내뱉으며 상이의 한쪽 손을 잡아 자기 앞으로 끌어당겼다.

"친구끼리 무슨 두 손이야."

손을 맞잡은 채 마주 선 두 사람의 거리가 한 뼘도 되지 않았다. 상이는 연신 눈꺼풀을 깜빡였고, 인수는 그런 상이를 보고

어느새 티셔츠를 걸친 인수가 상이에게 물었다.

"그건 그렇고 나이가…?"

"96년생이요."

"96년생? 동갑이네. 어쩐지 처음부터 끌린다 했지."

더욱 활짝 웃었다. 코앞에서 자신을 향해 웃는 인수의 얼굴을 바라보며 상이는 생각했다. 웃음으로 둥글게 휘어진 인수의 눈매가 보기 좋다고.

'아… 속쌍커풀이 있네.'

한동안 인수의 웃는 얼굴에서 눈을 떼지 못하던 상이는 핸드폰 진동 소리에 정신을 차렸다. 후다닥 인수의 손을 놓고 한 발 뒤로 물러선 다음 서둘러 전화를 받았다.

"네, 대리님."

상이가 통화하는 동안 인수는 상이에게서 눈을 떼지 않았다. 상이는 그런 인수의 눈빛이 부담스러워 살짝 시선을 돌렸다.

"네, 네. 알겠습니다."

전화를 끊은 상이에게 인수가 무슨 전화냐고 눈빛으로 물었다.

"내일 오전에 인수 씨 녹음실로 데리고 오라고요."

"인수 씨…?"

방금 친구 하자고 해놓고선 그새 존대를 하는 상이가 재밌어, 인수는 일부러 또박또박 힘주어 말했다. 자신의 실수를 깨달은 상이가 다급히 호칭을 정정했다.

"아, 그게, 인수… 너."

상이의 입에서 자신의 이름이 불리는 순간, 인수는 자기 이름이 낯설게 느껴졌다. 어릴 적부터 마음에 들지 않는 이름이었는데 그 순간에는 왠지 모르게 듣기 좋은 이름이라는 생각이 들었다. 인수의 이름을 발음하자 상이는 뭐가 부끄러운지 귀 끝이 발갛게 달아올랐다. 친구가 된 사람, 아직 정말 친구라곤 할 수 없지만, 어쨌든 친구 하자고 말해준 사람의 이름을 부르는 게 왜 이다지도 부끄러운지 자각할 틈도 없었다. 인수가 어느 때보다 부드러운 얼굴로 상이를 보고 있었기 때문이다.

프로듀서가 편곡한 곡을 녹음하는 날이었다. 인수와 지내는 하루 동안 상이는 인수에 관한 제법 다양한 사실들을 알게 되었다. 좋아하는 것은 고기, 청소. 음악. 싫어하는 것은 채소, 어지르는 것, 소음. 그리고 아침에 약하다는 사실도 알았다. 상이는 눈도 제대로 뜨지 못하고 좀비처럼 터덜터덜 움직이며 외출 준비를 하던 인수의 모습을 떠올리며 자신도 모르게 웃고 말았다.

아이처럼 채소를 싫어하고 아침엔 흐느적거리는 강인수라니. 외모만 보면 '차가운 도시 남자' 같은데, 좀 깬다는 생각도 들었다.

"뭐야? 표정이 수상해. 너 혹시 속으로 내 욕하고 있는 거 아니냐?"

인수는 녹음실 앞에서 의뭉스럽게 웃는 상이를 바라보며 실눈을 떴다. 무언가 탐색하려는 듯한 인수의 눈빛에 괜히 뜨끔한 상이가 빠르게 손사래를 쳤다.

"아, 아냐. 절대 아냐. 그, 그냥, 여기서 우리 처음 본 날, 그때 생각했어."

"우리 처음 본 날?"

"너 녹음 테스트받던 날, 그때 여기 이 자리에서 너 나랑 처음 만났잖아."

상이는 화제를 돌리기 위해 필사적으로 머리를 굴렸다. 그래서 여기서 처음 만났다는 자신의 말에 인수의 눈빛이 묘하게 달라진 것을 알아채지 못했다.

"그런데 그날 너 나한테 무슨 말 하려고 했어?"

상이가 물었다.

"응?"

"왜 그때, 너 뭐 할 말 있는 것처럼 웃었는데 대리님이 너 찾으러 나오는 바람에 그냥 넘어갔잖아."

"아아, 그거…."

"그래, 그거! 그게 뭐였는데?"

"흐음. 글쎄, 뭐였을까."

능청스럽게 대답하는 인수의 모습이 수상해 더 캐물으려던 차에, 녹음실 문이 열렸다.

"강인수 씨, 윤상이 씨? 들어오세요. 피디님이 기다리고 계세요."

"네!"

두 사람은 동시에 대답했다. 인수는 의미심장한 미소를 지으며 상이를 한 번 바라보곤 녹음실로 들어갔다. 도대체 무슨 말을 하려던 건지, 녹음이 끝나면 꼭 다시 물어보겠노라 다짐하는 상이였다.

"안녕하세요, 감독님. 오늘 잘 부탁드리겠습니다."

상이는 매니저답게 정후에게 인사를 했다. 인수도 상이를 따라 인사했다. 그러곤 상이를 보며 또 싱긋 웃었다. 오늘따라 왜 이렇게 자신을 보며 웃는지 모를 노릇이었다.

"어서 와요. 부탁은 내가 해야지. 오늘 잘해봅시다."

인수가 녹음 부스 안으로 들어갔다. 헤드폰을 끼고 두 눈을 감은 채 감정을 잡는 인수를 보며, 상이의 가슴이 다시 두근거리기 시작했다. 유튜브 영상으로만 보던 인수가 유리창 하나를 두고 눈앞에 있었다. 거기다 인수의 노래를 라이브로 들을 수 있다는 사실에 새삼 행복감이 밀려왔다. 두근거리는 마음으로 녹음 시작을 기다리는데, 손에 들고 있던 핸드폰이 울렸다.

'왜 하필 지금이야.'

안타까운 마음이 들었지만 유진의 전화였기에 안 받을 수 없었다. 녹음에 방해가 될까 싶어 조용히, 그러나 빠른 걸음으로 녹음실 밖으로 나왔다.

"네, 대리님."

"녹음 시작했어?"

"지금 막 시작하려던 참이에요."

"컨디션은 어때?"

"인수 씨요?"

"이상한 점은 없고?"

"음, 별로 그런 건 없는데요."

갑자기 전화해서 뜬금없는 질문을 하는 유진이 이상했지만, 상이는 질문에 꼬박꼬박 성실하게 대답했다. 그런데 갑자기 녹음실 문이 거칠게 열리고 굳은 표정의 인수가 걸어 나왔다. 인수는 놀란 표정을 짓는 상이를 흘긋 보더니 그대로 건물 밖으로 나갔다.

"대, 대리님, 잠시만요. 제가 조금 이따가 다시 전화드릴게
요."

유진의 대답을 듣지도 않고 서둘러 전화를 끊은 상이는 인
수가 나간 방향과 녹음실 방향을 두고 고민하다가 자신이 인
수의 매니저라는 사실을 상기했다. 매니저로서 지금 이 상황
을 파악하고 원만히 해결할 수 있도록 중재해야 할 책임이 있
었다. 녹음실을 뛰쳐나간 인수도 인수지만, 먼저 녹음 책임자
인 프로듀서의 의견을 확인해야 했다. 서둘러 녹음실에 들어
가자 한껏 찌푸린 얼굴로 악보를 들춰보는 정후가 보였다.

"무슨 일 있나요…?"

"아씨, 먹고살기 힘드네, 진짜."

정후는 손에든 악보를 던지듯 내려놓았다. 화가 단단히 난
듯한 정후의 모습에 조금 위축되었지만, 그보다 큰일이 난 게
아닌가 싶은 걱정이 앞섰다.

"왜, 뭐. 그 자식 자기한테도 뭐라고 했어?"

"네? 아니요. 그게 아니라, 무슨 일이 있었는지…."

"그 자식 진짜 또라이 아니야? 지가 무슨 베토벤이야, 모차
르트야. 누군 성질 없어서 이러고 있나. 내가 음악 밥 먹은 게

녹음실 문이 거칠게 열리고
굳은 표정의 인수가 걸어 나왔다.
인수는 놀란 표정을 짓는 상이를 흘깃 보더니
그대로 건물 밖으로 나갔다.

몇 년인데. 참나, 진짜 자존심 상해가지고. 상이 씨, 내 얘기 똑똑히 들어. 가서 그 친구한테 전해. 한 시간 안에 안 오면 진짜 끝이라고."

아무래도 정말 큰일이 나긴 난 것 같았다.

인수를 찾기 위해 녹음실 건물 밖으로 나온 상이는 인수의 집 방향으로 달리기 시작했다. 부디 인수가 이 길로 갔기를 간절히 바라면서. 그렇게 얼마를 달렸을까, 저 멀리서 육교 계단을 올라가는 인수의 뒷모습이 보였다. 상이는 이를 악물고 더 빠르게 그의 뒤를 쫓았다.

"인수야!"

인수가 걸음을 멈췄다. 서둘러 다가간 상이는 문득 더 거리를 좁히지 못한 채 인수 앞에 섰다. 인수를 찾는 동안 준비한 말이 잔뜩 있었는데, 막상 인수를 보니 아무 말도 나오지 않았다. 그렇게 화가 난 인수는 처음 보았고, 그렇게 슬픈 눈을 한 인수도 처음 보았다. 두 사람 사이에 침묵이 흘렀다. 먼저 입을 뗀 건 인수였다.

"말해."

"네 마음 다 알아. 그러니까 이러지 말고 돌아가서 해결하자."

최대한 완곡하게 말한다는 것이 인수의 화를 더 돋운 듯했다. 인수의 미간이 심하게 일그러졌다. 돌아오는 목소리에도 날이 서 있었다.

"해결하다니? 내가 해결해야 하는 일이야?"

"그게, 피디님이 좀 난처해하시니까…."

"그래서 왜. 그 사람이 걱정돼?"

상이는 인수의 질문에 말문이 턱 막혔다.

'내가 걱정하는 건 너야, 이 바보야.'

아이돌 음악이 주류를 이루는 음악 시장에서 인수처럼 어쿠스틱 기타에 잔잔한 선율로 승부하는 가수들이 설 자리는 결코 많지 않았다. 상이는 인수가 어렵게 잡은 데뷔 기회를 한순간의 충동으로 날려버리지 않길 바랐다. 단순히 그의 음악이 좋아서만은 아니었다. 단 하루뿐이지만, 그와 지내는 동안 무심한 듯 툭툭거리면서도 자상하게 자신을 챙겨주던 강인수라는 사람 자체가 좋아졌기 때문이다. 이전에는 팬으로서 인수를 응원했다면 지금은 친구로서 인수가 꿈을 이루는 것을 곁에서 도와주고 싶었다.

"아니, 그게 아니고. 좋은 게 좋은 거잖아. 인수야, 응?"

상이는 진심을 다해 인수를 설득했다. 상이의 얼굴에 담긴 진심을 읽고 인수의 목소리가 한풀 수그러들었다. 하지만 여전히 화는 풀리지 않은 것 같았다.

"편곡된 거 들어보기는 한 거야?"

편곡과 관련한 문제일 거라고 예상은 했지만, 막상 인수의 입으로 직접 들으니 상이는 더욱 난감해졌다. 하필 그 순간 유진의 전화를 받느라 녹음실 밖에 있었기 때문이다.

"내가 전화 받느라고⋯."

"그건 내 음악이 아니야."

인수가 상이의 말을 끊으며 단호하게 부정했다. 상이는 인수가 너무 감정적으로 나오는 건 아닌가 싶었다. 이번 프로젝트를 위해 모인 사람들은 업계에서도 첫손에 꼽히는 전문가들이었고, 오직 인수를 성공시키기 위해 모인 팀이었다. 그런 사람들이 인수에게 불리한 일을 시킬 리가 없었다.

"그냥 편곡일 뿐이잖아. 오해야, 인수야."

"오해? 난 들었고, 넌 듣지도 못했는데 내가 오해한 거라고?"

한결 누그러졌던 인수의 얼굴이 분노로 다시 굳어버렸다. 자신을 바라보는 인수의 눈빛은 마치 상처 입은 짐승의 눈과

"그건 내 음악이 아니야."

"그냥 편곡일 뿐이잖아. 오해야, 인수야."

"오해? 난 들었고, 넌 듣지도 못했는데 내가 오해한 거라고?"

닮아 있었다. 한동안 상이를 노려보던 인수는 이내 입술을 깨물며 말했다.

"됐다. 가봐."

이 말을 끝으로 인수는 상이에게서 등을 돌렸다. 상이는 인수가 이대로 가버릴까 싶은 마음에 조급해져 그의 팔을 붙잡았다.

"미안한데, 나도 말 좀 할게, 강인수. 물론 편곡된 걸 듣지는 못했지만 회사도 회사 나름대로 다 계획이 있고, 사람들이 너 망치려고 그 계획을 짠 게 아니잖아. 그러니까 돌아…."

"네가 음악을 알아? 그저 유명해지고 싶어서 내가 이러는 거 같아? 내가 왜 이러는지, 내가 왜 이렇게까지 해야만 하는지 네가 알기나 해?"

속에 담아두었던 울분을 토해내듯 이를 악물고 내뱉는 인수의 한마디 한마디가 그대로 상이의 마음에 날카로운 파편처럼 박혔다. 자기 마음은 몰라주고 비난만 하는 인수의 태도에 상이 또한 마음이 아팠다. 그러나 상이의 마음을 더욱 아프게 한 것은 인수의 눈빛이었다. 자신을 상처 주기 위해 독한 말을 내뱉는 인수의 두 눈이 곧 눈물을 쏟아낼 것처럼 위태로워 보였기 때문이다. 인수를 잡고 있던 상이의 손에서 힘이 빠졌다. 멀어져가는 인수를 붙잡을 생각도 하지 못한 채 못 박힌 듯 그 자리에 서 있을 뿐이었다.

"죄송해요. 제가 다 망친 것 같아요."

상이는 유진을 향해 허리를 깊게 숙여 사과했다. 인수를 보내고 한참 넋을 놓고 서 있다가 정신을 차리고 녹음실로 돌아가자, 유진이 상이를 기다리고 있었던 것이다.

"뭐야, 벌써 포기한 거야? 난 오히려 이번 기회에 강인수의 아티스트적 기질을 발견할 수 있어서 다행이라고 생각했는데."

유진의 위로 섞인 말에도 상이의 표정은 여전히 어두웠다.

"일부러 그런 이벤트를 준비한 거기도 하고."

이어지는 유진의 말에 깜짝 놀랐다. 일부러라니. 이벤트라니. 인수의 상처받은 얼굴이 떠올랐다.

"일부러라뇨?"

상이가 원망이 담긴 말투로 되물었다.

"미안해. 근데 그 친구가 진짜 아티스트인지 아닌지 나도 테스트해봐야 하지 않겠어?"

상이는 유진이 하는 말의 의미를 알 수가 없었다.

"첫날 이벤트치곤 좀 화려했지만, 인수 씨한테 전해줄래? 가서 강인수만의 음악을 만들어 오라고. 상이 씨가 보조해도 좋고, 다른 사람의 도움을 받아도 좋아."

이 모든 게 인수가 어떤 상황에서도 흔들림 없이 자신만의 음악을 하기를 바라는 마음으로 유진이 꾸민 일이라는 사실을, 상이는 뒤늦게 깨달았다. 그렇다고 해도 이런 방법엔 동의할 수 없었다. 대답 없이 서 있는 상이에게 유진이 한 마디를 덧붙였다.

"단, 날 설득시키지 못하면 그땐 내 뜻에 따라야 해."

유진이 나간 후 아무도 없는 녹음실에 상이는 혼자 남겨졌다. 인수를 설득하기도 쉽지 않을 텐데, 유진을 만족시킬 결과까지 만들어 오라니. 핸드폰을 꺼냈다. 배경화면에 웃고 있는 인수의 얼굴이 보였다. 어젯밤 인수가 상이의 핸드폰을 뺏으며 멋대로 바꿔놓은 사진이었다. 인수는 상이가 자신의 매니저가 되었으니 자신의 얼굴을 배경화면으로 해야 한다고 우기고는 한껏 밝은 미소를 지으며 사진을 찍었다. 화면 속 웃고 있는 인수의 얼굴과, 육교에서 금방이라도 울 것 같은 눈으로 자신을 노려보던 인수의 얼굴이 오버랩되자 상이의 마음은 더욱 무거워졌다. 유진이 처음으로 원망스러운 날이었다.

집에는 아무도 없었다. 불 꺼진 집 안의 공기가 차갑게 상이를 감쌌다. 상이는 인수가 자신과 마주칠까 봐 집으로 돌아오지 않았을지도 모른다는 생각이 들었다. 인수를 데뷔시키고 싶은 욕심에 눈이 멀어 인수가 지금까지 해왔던 음악을 제대로 마주하지 않았다는 죄책감이 몰려왔다.

'인수가 만들고 인수가 불렀으니, 그 음악을 가장 잘 이해하는 사람도 당연히 인수일 텐데. 대체 내가 뭐라고 인수가 아니라는 걸 들어보지도 않고 오해네, 널 위한 거네, 잘난 척을 했을까?'

녹음실로 돌아가는 것이 인수를 위한 길이라고 생각했던 마음이 위선처럼 느껴졌다. 육교에서의 대화를 떠올리자 한없이 미안한 마음이 들었다. 길에서 그의 음악을 처음 들었을 때, 그리고 유튜브로 그의 영상을 처음 보았을 때가 떠올랐다. 인수의 음악을 더 많은 사람에게 알리고 싶었던 것이지, 강인수라는 스타를 만들어 대중에게 팔고 싶은 게 아니었다.

데뷔시킨다는 생각에만 들떠서 초심을 잃었다는 사실에 자괴감이 들었다. 커다란 그랜드 피아노 옆에 놓인 키보드가 눈에 들어왔다. 인수의 영상을 틀어놓고 키보드를 치면서 그와 함께 노래 부르는 상상만으로도 행복해하던 시간이 떠올랐다.

'미안해. 내가 잘못했어. 제발 돌아와줘.'

상이는 피아노로 다가갔다. 인수가 애지중지 아끼며 연주하던 피아노였다. 인수의 손가락이 머물던 건반 위에 살며시 자신의 손을 올려보았다. 음 하나를 누르자 맑은 소리가 공간을 채웠다. 한 음 한 음 피아노 건반을 누르던 상이는 어느 순간 무언가에 홀린 사람처럼 자연스럽게 피아노 앞에 앉았다.

눈을 감고 천 번은 넘게 보았을 인수의 영상을 떠올렸다. 옆집 여자에게 시끄럽다는 항의를 받은 날, 새벽까지 인수의 노래를 몇 번이고 반복해 들으며 건반을 두들기고 목소리를 얹었던 그날처럼 노래를 부르기 시작했다. 상상 속에서 인수와 함께 노래하는 것처럼.

인수가 문을 열고 집으로 들어서자 피아노 소리가 들려왔다. 인수는 우두커니 서서 어둠 속을 바라보았다. 창문을 넘어 들어온 달빛이 희미하게 상이의 실루엣을 비추고 있었다. 그는 피아노를 치며 노래를 부르는 중이었다. 상이의 손끝이 건반을 스칠 때마다 뭐라 형언하기 어려운 소리가 인수의 귓바퀴를 어루만지며 스르륵 귓속으로 파고들었다. 손이 닿지 않는 거리에서 노래를 부르는 상이가 바로 옆에서 숨결을 불어

넣는 것처럼 가깝게 느껴졌다.

상이의 숨결을 좀 더 가까이에서 느끼고 싶었다. 그의 소리를 만지고 싶었다. 이것이 꿈이라면 깨고 싶지 않을 만큼 감미로웠다. 슬펐다. 애잔했다. 그리고 아름다웠다. 인수는 문득 상이에게서 눈을 떼지 못하는 자신을 발견하고 정신을 차렸다.

'이게 무슨…?'

처음 느껴보는 감정에 인수는 혼란스러웠다. 어둠 때문일 것이다. 환한 불빛 아래 서면, 이 감정이 무엇인지 알 수 있을지도 몰랐다. 피아노 소리에서 번지는 이 감미롭고 슬프고 애잔한 마음의 정체를.

한참 노래에 집중하던 상이는 주변이 갑자기 환해지자 연주를 멈췄다. 어두웠던 거실을 밝게 채우는 조명 아래 인수가 서 있었다. 상이는 화들짝 놀라 후다닥 피아노에서 일어났다.

"왔어? 집에 없길래 너 안 오는 줄 알고…."

인수는 당황해서 횡설수설하는 상이를 말없이 바라보았다. 상이 역시 그런 인수를 바라보았다. 다시 만나면 가장 하고 싶었던 말이 상이의 입에서 나왔다.

"미안해."

상이는 진심으로 사과했다. 인수의 음악을 존중하지 않았

인수의 영상을 틀어놓고 키보드를 치면서 그와 함께
노래 부르는 상상만으로도 행복해하던 시간이 떠올랐다.
'미안해. 내가 잘못했어. 제발 돌아와줘.'

던 자신을 후회하고 있었다. 온몸으로 미안한 마음을 표현하는 상이를 보며, 인수는 정말 상이처럼 속을 알기 쉬운 사람은 없을 거라고 다시 한번 생각했다.

육교에서도 그랬다. 상이가 육교에서 했던 말과 행동은 모두 자신을 위해서였다는 사실을 알았다. 하지만 상이마저 자신의 음악을 이해하려 하지 않는다는 생각에 화가 나고 서운했다. 왜 그 순간 상이가 회사 사람들보다 더 야속하게 느껴졌는지는 모른다. 그러나 치미는 감정을 억누르지 못하고 상이에게 모진 말을 내뱉고 말았다.

어쩌면 상이를 처음 보았을 때부터 그가 자신을, 그리고 자신의 음악을 이해해 줄 것이라는 강한 예감을 느꼈기 때문인지도 몰랐다. 그날 밤, 그 공원에서. 아마도 상이는 눈치채지 못한 듯하지만, 인수는 콘트라베이스와 반도네온에 맞춰 연주하는 상이를 지켜보고 있었다. 하지만 이 많은 말들을 인수는 가슴에 조용히 묻었다. 그리고 미안함에 어쩔 줄 모르는 상이를 향해 웃었다.

"좋던데?

화를 낼 줄 알았던 인수가 부드러운 목소리로 말하자 상이는 저도 모르게 되물었다.

"어어?"

"녹음실에서 들었던 말도 안 되는 편곡보다 네 피아노곡이 훨씬 더 좋다고. 사실 내 음악에 무엇이 부족한지 몰랐는데, 네가 잘 채워준 것 같아."

갑작스러운 칭찬에 상이는 더욱 당황했다.

"나는 그냥 뭐… 한 것도 없는데."

고개를 숙인 상이의 귀 끝이 또다시 발갛게 달아올랐다. 인수는 부끄러움에 시선을 회피하는 상이를 보며 마음속 서운함이 사라져가는 것을 느꼈다.

"윤상이."

이름이 불리자 상이가 반사적으로 고개를 들어 인수를 바라보았다.

"미안하다."

인수가 상이에게 손을 내밀었다. 상이는 혼란스럽다는 듯 눈앞에 내밀어진 손을 바라보았다. 미동 없이 서 있는 상이에게 인수가 한 발짝 다가섰다.

"사과 안 받아줄 거야?"

상이를 재촉하며 한쪽 눈썹을 들어 올리는 인수의 얼굴에는 더 이상 분노나 원망, 서운함 같은 감정들이 남아 있지 않았다. 그제야 상이는 긴장을 풀 수 있었다.

"우리 사이에 무슨 사과야. 내가 미안해."

"이렇게 잘 만드는 녀석한테 음악을 아느냐고 했으니, 내가 더 미안하지."

서로 자신이 더 미안하다고 사과하는 상황에 봉착한 두 사람은 결국 웃음을 터뜨렸다. 차갑던 집 안의 공기마저 따뜻하게 변한 것 같은 착각이 들었다.

"그러지 말고 이참에 우리 둘이 제대로 한번 작업해보는 게 어때?"

인수의 제안에 상이는 유진이 낮에 했던 말을 떠올렸다.

"안 그래도 유진 대리님이 인수 너만의 음악을 만들어보라고 하셨어."

상이의 말을 듣고서야 인수는 비소로 유진이 상이를 자신에게 보낸 이유를 알 것 같았다. 인수가 처음 기획사에서 유진과 대면했을 때, 그녀는 자신의 어시스턴트가 인수의 엄청난 팬이라고 말했다. 유진이 인수에게 관심을 가지게 된 것도, 이렇게 데뷔를 담당하게 된 것도 모두 그 사람 덕분이라고 했다.

생각해 보니 그 사람이 바로 상이었다. 그리고 조금 전 집에 들어와 상이의 연주와 노래를 듣는 순간, 인수는 자신의 예감이 틀리지 않았음을 확신했다. 혼자서는 채울 수 없던 음악의 빈 공간을 채워줄 사람.

"너였네."

인수가 상이를 향해 활짝 웃었다.

"뭐가?"

어리둥절한 상이를 바라보며 인수의 눈이 더없이 진지하게 변했다.

"너였다고. 내 반쪽."

상이의 심장이 거세게 뛰기 시작했다. 인수가 상이의 어깨에 손을 얹으며 눈짓으로 피아노와 기타를 가리켰다.

"한번 맞춰볼까, 우리?"

상이가 고개를 끄덕이며 인수를 보았다. 인수도 조용히 고개를 끄덕이며 상이를 보았다. 두 사람의 시선이 마주쳤다. 흔들림 없이 단단한 눈빛이 서로를 향해 있었다. 조금의 주저함도 어긋남도 없는 눈빛이었다. 두 사람의 음악이 이제 막, 움트려는 순간이었다.

07 너의 의미

편곡 작업은 순조로웠다. 너무 순조로워서 되레 겁이 날 정도였다. 인수가 작업을 하다가 막히는 부분이 있으면 상이가 의견을 냈고, 인수는 상이의 의견을 수렴해 바로 곡을 수정했다. 마치 서로의 머릿속을 들여다보는 것처럼 설명하지 않아도 이해할 수 있었다.

"그거야, 바로 그게 내가 원하던 거야. 와, 상이 넌 진짜 천재야."

"상이야, 너랑 같이하니까 진짜 좋다."

"어떻게 그렇게 딱딱 맞지? 상이야, 혹시 우리 전생에 부부였을까?"

"윤상이. 내 반쪽. 어디에 숨어 있다가 이제야 나타난 거야."

상이와 함께 있을 때 인수는 이렇게 수다쟁이였나 싶을 만큼 낯간지러운 소리를 자주 쏟아냈다. 툭하면 인수가 '내 반쪽, 내 반쪽' 하는 바람에 상이는 정말로 자신이 인수의 반쪽이 아닐까 진지하게 고민한 적도 있었다. 함께 작업하는 동안 두 사람은 점점 더 가까워졌다. 상이를 대하는 인수의 태도엔 조금도 스스럼이 없었다. 인수의 첫인상을 생각하면 지금의 인수와 동일 인물이 맞는지 헷갈릴 정도였다.

상이가 보기에 강인수라는 사람은 음악을 대할 때는 더없이 진지하고 고집스럽지만, 평소에는 허술한 면이 많고 까탈스러운 구석은 적은 사람이었다. 말수가 적고 인상이 무뚝뚝한 탓에 다가가기 어려워 보였지만, 막상 친해지니 농담도 잘하고 장난기도 많았다. 자기 사람이라는 생각이 들면 한없이 다정하고 너그러웠다. 게다가 요즘엔 아예 상이에게 장난을 치기로 작정한 듯했다. 인수 때문에 곤란했던 적이 한두 번이 아니었다.

"이렇게 예쁜 게 어디 있다 나타났지?"

시도 때도 없이 이런 말을 내뱉으며 상이의 뺨을 어루만진다든지, 연인에게나 보여줄 법한 달달한 표정을 지으며 상이의 앞머리를 헝클어트린다든지 하며 인수는 상이를 심란하게

툭하면 인수가 '내 반쪽, 내 반쪽' 하는 바람에
상이는 정말로 자신이 인수의 반쪽이 아닐까
진지하게 고민한 적도 있었다.

했다. 인수의 스킨십 공격을 받을 때마다 상이의 심장은 번지점프 줄에 매달린 듯 위아래로 출렁였다. 빠르게 뛰는 심장 때문에 가끔은 숨을 쉬기도 힘들었다. 이러다 제 명에 못 살겠거니 싶었다. 가령 지금 같은 상황도 그랬다.

"자, '아' 해봐."

인수는 아주 진지한 표정으로 상추 한 장을 집어 들더니, 삼겹살 두 점에 부추 절임을 올리고 마늘에 쌈장까지 찍어 야무지게 쌈을 쌌다. 그리고 그대로 상이에게 내밀며 두 눈을 반짝였다. 생글생글 웃는 얼굴에는 장난기가 가득했다.

'누가 봐도 이건 먹여주려는 거잖아!'

그러나 상이의 절규는 입 밖으로 나가지 못하고 마음에서 그쳤다. 인수는 웃는 얼굴로 상이의 입 앞에 쌈을 들이민 채 꿈쩍도 하지 않았다. 이른 저녁 시간이라 식당에 사람이 많지는 않았지만, 그래도 가까운 테이블에 손님들이 앉아 고기를 굽고 있었다. 인수의 돌발 행동에 당황한 상이는 눈동자를 굴리며 주변을 살폈다. 행여 누가 이상하게 보면 어쩌나 싶어 얼른 인수가 내민 쌈에 손을 뻗었다.

"어허, 손이라니. 어서 '아' 해. 내가 먹여줄 거야. 아."

환장할 노릇이었다. 인수의 눈에는 '내가 이걸 반드시 너에

게 먹여주고 말리'는 고집이 깃들어 있었다. 이미 여러 차례
의 경험으로 인수의 고집을 당해낼 수 없다는 사실을 체득한
상이는 차라리 누군가 보기 전에 빨리 먹어버리자고 생각했다.
눈을 질끈 감고 입을 벌리자 커다란 고기쌈이 입안으로 들어
왔다. 쌈을 넣어주던 인수의 손이 상이의 입술에 살짝 닿았다.

"여기 맛집이거든. 맛있지?"

맛있었다. 정말 맛있을 때만 나오는 반응인 '격한 끄덕임'이
저도 모르게 튀어나왔다. 그럴 줄 알았다는 듯, 인수가 새끼 새
에게 먹이를 물어다 주는 어미 새의 기특한 눈빛으로 상이를
바라보았다. 그러더니 부지런히 두 번째 쌈을 싸기 시작했다.

"아이고, 난리 났네, 난리 났어. 어?"

등 뒤에서 들려오는 목소리에 상이는 깜짝 놀라 쌈을 다 씹
지도 못하고 그대로 꿀떡 삼켰다.

"뭘 그렇게 놀라요. 다 받아먹고선."

민성이었다.

"왔냐?"

자리에 앉는 민성을 보는 체 마는 체하며 인수는 상이에게
서 시선을 거두지 않았다.

"내가 불렀어. 기분 좋아서."

"왔냐?"
자리에 앉는 민성을 보는 체 마는 체하며
인수는 상이에게서 시선을 거두지 않았다.

못된 짓을 하다 들킨 강아지마냥 고개를 숙이며 눈치를 보는 상이와 대수롭지도 않은 일을 가지고 유난이라는 듯한 인수의 얼굴을 번갈아 본 민성이 눈꼴사납다는 듯 두 눈을 가늘게 떴다.

"뭐야. 나 없이 벌써 시작한 거야? 인수 너 잘렸다기에 내가 다시 걷어가려고 왔는데, 둘이 아주 깨가 쏟아지는구만."

민성은 반쯤 비어 있는 소주병을 보며 인수에게 섭섭하다는 티를 냈다. 다 큰 사내 녀석 둘이 마주 보고 앉아서 한 놈은 쌈을 싸주고 한 놈은 그걸 또 받아먹고 있으니, 그 모습이 아주 가관이었다. 상이는 황급히 술병을 들어 민성에게 잔을 권했다.

"내가 따라줄게. 우리 다 동갑이니까 말 놔도 되지?"

민망함을 감추기 위해 상이는 민성의 술잔을 채워주며 살갑게 말을 건넸다. 그러나 누가 봐도 어색해한다는 게 티가 날 정도로 어설픈 말투였다. 민성은 일부러 너스레를 떨었다.

"이야, 저번보다 사람이 한결 편안해 보이네. 우리 이렇게 모인 기념으로 건배하자. 강인수의 성공적인 데뷔를 위하여!

"위하여!"

세 사람은 아주 오래된 친구처럼 스스럼없이 술자리를 즐겼다. 간간이 인수는 상이에게 쌈을 싸주거나 머리카락을 쓰다듬었다. 그때마다 상이는 흠칫 놀라며 민성의 눈치를 살폈지만, 민성은 그런 인수를 놀리기만 할 뿐 말리지는 않았다.

인수는 민성이 주면 주는 대로, 상이가 주면 주는 대로 잔을 다 받아 마신 끝에 셋 중 가장 얼큰하게 취하고 말았다. 살면서 이렇게 기분 좋은 날이 있던가, 인수는 몽롱한 정신으로 떠올려보았다. 상이를 보면 기분이 좋아졌다. 고기 한 점을 한참 오물거리는 조그만 입을 봐도 기분이 좋았고, 술을 넘길 때마다 살짝 찌푸리는 미간을 봐도 기분이 좋았다. 그냥 좋았다. 결국 기분이 좋다는 이유로 술을 더 마신 셈이 되었다. 만취한 인수를 상이와 민성이 양옆에서 부축하며 집으로 향했다.

"어후! 나 안 취했어."

"야, 이씨."

술기운에 비틀거리던 인수의 몸이 민성 쪽으로 크게 기울어지자 민성은 함께 휘청거리고는 작게 욕을 했다.

"상이야."

"야, 나 민성이거든?"

민성의 퉁명스런 대꾸에도 인수는 헤실헤실 웃기만 했다.

"나 오늘 기분 최고다."

"차 온다. 어어, 야! 차 온다니까."

뒤에서 나타난 차에 치일까 식겁하며 민성은 인수를 간신히 인도로 끌어당겼다. 그런 민성의 수고를 아는지 모르는지, 인수는 꼬이는 발음으로 자신이 하고 싶은 말만 계속 중얼거렸다.

"우리 상이도 음악 잘해."

"그래, 그래."

"진짜 잘해. 너무 잘해."

"예, 예."

"우리 한잔 더 해야지."

"뭘 더 해. 너 취했어."

"우리 상이랑 한잔 더 하고 싶다고."

"야, 이 새끼야! 무겁잖아. 똑바로 걸어!"

온갖 불만을 토로하는 민성과 달리 말없이 묵묵히 인수를 지탱하던 상이는 '우리 상이'라는 표현을 들을 때마다 심장이 또르르 말리는 기분이 들었다. 상이와 민성의 부축을 받으며 집으로 향하는 내내 인수는 끊임없이 '우리 상이'에 대해 말했고, 민성은 "네네"를 연발했다. 상이는 인수의 몸이 기울 때마다 그의 무게를 온몸으로 느꼈다. 이리저리 흔들리는 고개를

바로잡아주면서도 '주정뱅이'가 깨어나면 두고두고 놀려야겠
다는 생각에 슬며시 웃음이 났다.

"어우, 진짜. 오늘 뭔 술을 이렇게 마셨어."

겨우 집에 들어와 소파에 인수를 내려놓고 민성이 크게 두
팔을 돌렸다. 그러나 상이의 한쪽 팔은 여전히 인수의 머리 아
래 깔려 있었다. 팔을 빼려고 할 때마다 인수가 몸을 뒤척이는
바람에, 행여 깨울까 봐 이러지도 저러지도 못 하는 사이 그대
로 팔을 내주고 말았다. 그래서 흡사 팔베개를 해주는 듯한 모
양새가 되어버렸지만, 술기운 탓인지 상이도 아무럼 어떤가
싶어 자세를 고치지 않았다.

상이는 소파에 잠든 인수의 얼굴을 물끄러미 바라보았다.
꼬박 한 달 가까이 매달린 편곡 작업이 끝났다. 그동안 티를 내
지는 않았지만 분명 마음고생이 심했을 터였다. 잠도 자지 않
고 음악에만 몰두했다. 그 모습을 곁에서 고스란히 지켜봤기
에 상이는 잠시나마 단잠에 빠진 인수를 깨우고 싶지 않았다.

인수가 안쓰럽기는 민성도 마찬가지였다. 자신이 인수를
위해 해줄 수 있는 일에는 한계가 있다는 사실을 누구보다 잘
알았다. 인수의 스케줄을 관리하고, 사교성이 부족한 녀석 대

신 관계자들을 만나 인수의 음악을 홍보하고, 버스킹을 따라다니며 영상을 찍어 유튜브에 올리는 일이라면 얼마든지 도와줄 수 있었다. 그러나 음악에 대해선 재능도 안목도 없는 자신이 인수의 음악을 평가하고 조언하는 것은 불가능했다. 그것이 늘 아쉬웠기에 민성은 상이의 존재가 더없이 반갑고 고마웠다. 인수에게 새로운 음악적 동반자가 생긴 것 같아 진심으로 기뻤다.

게다가 인수도 상이를 진심으로 아끼는 듯했다. 오는 사람 안 막고 가는 사람 안 붙잡는 듯 보여도 쉽게 상처 입고 타인에게 마음을 잘 열지 않는 인수가 이상하게도 상이에게만은 무방비한 모습을 보였다. 마치 주인만 졸졸 따르는 고양이 같았다. 고양이치고는 엄청 크고 무거웠지만. 어쨌거나 민성은 상이가 속내를 말해도 괜찮은 사람이라고 여겨질 만큼 신뢰가 갔다.

"그거 알아? 내가 인수를 알고 지낸 지 꽤 됐는데 이렇게 취한 건 오늘 처음 봤다. 그런데 오히려 이런 모습 보니까 안심이 되네. 상대가 상이 너라서 더 마음이 놓이고."

상이의 바라보는 민성의 눈빛에 고마움이 녹아 있었다.

"얘기 들었어. 인수 발견한 사람, 이유진 대리가 아니라 너라며. 아마 진짜 기뻤을 거다, 이놈. 자신의 진가를 알아봐줘서. 이놈 상황이 하도 안타까워서 답답했는데."

"인수가 안타깝다니? 그게 무슨 소리야?"

"자세한 건 나도 잘 모르지만 인수 부모님이 좀 대단하신 분들인가 봐. 인수가 노래하는 걸 극도로 싫어하신대. 그래서 계속 훼방을 놓고 있는 것 같은데⋯. 내색도 하지 않고 걸핏하면 장난이나 치지만 이놈 속도 말이 아닐 거야."

민성의 이야기를 듣는 동안 상이의 표정이 어두워졌다. 민성이 돌아간 후에도 상이의 표정은 밝아지지 않았다. 하고 싶은 것을 마음껏 할 수 있는 상황이래도 잘 풀리지 않을 때가 많은데, 버팀목이 되어줘야 할 부모님이 오히려 방해한다니, 가슴이 아팠다.

"이렇게나 재능이 많은 사람인데."

상이는 인수의 잠든 얼굴을 물끄러미 바라보았다. 깊게 잠들었는지 고른 숨을 내쉬고 있었다. 그렇게 한참을 가만히 앉아 있었을까, 팔베개를 해주고 있는 왼팔이 저리기 시작했다. 인수가 깨지 않도록 조심조심 손가락을 꼼지락거렸지만 저릿한 느낌은 쉽게 가시지 않았다. 쥐가 날 것 같은 왼팔의 감각에도 팔을 빼지 못하고 몸만 들썩이던 상이는 문득 자신의 얼굴이 인수의 얼굴과 가까워졌다는 사실을 깨달았다. 이렇게 가까운 거리에서 인수의 얼굴을 보는 것은 처음이었다. 남자인 자신이 보기에도 참 잘생긴 얼굴이었다.

단정한 턱 선, 짙은 눈썹, 가늘고 긴 눈매, 곧은 콧날, 도톰한 입술.

시선이 인수의 입술에 머문 순간 어른들 몰래 간식을 훔쳐 먹다 걸린 아이처럼 상이의 심장이 거칠게 뛰었다. 마치 무언가에 홀린 듯, 상이는 인수의 잠든 얼굴을 향해 천천히 고개를 숙였다. 인수의 숨결이 피부에 느껴질 만큼 가까워진 순간. 상이는 충동적으로 인수의 입술 가까이에 자신의 입술을 가져갔다.

그러다 후다닥 인수에게서 떨어졌다. 어찌나 놀랐는지 상이는 자신이 인수의 팔베개를 해주고 있었다는 사실도 잊어버렸다. 순식간에 온몸의 열이 얼굴에 몰린 듯 화끈거렸다.

'하마터면 진짜로 키스할 뻔했잖아. 내가 지금 무슨 짓을 저지른 거지?'

갑작스럽게 밀려드는 낯선 감정에 상이는 정신을 차릴 수 없었다. 잠든 인수를 다시 돌아볼 생각도 하지 못하고 도망치듯 욕실로 향했다.

'술 때문이야. 찬물에 세수하고 나면 정신이 번쩍 들겠지.'

세면대에 찬물을 받았다. 터질 듯한 열기가 얼굴에서 사라질 때까지 연거푸 물을 끼얹었다. 피부가 얼얼해질 만큼 세수를 하고 나서야 고개를 들었다. 거울 속에 하얗다 못해 창백해진 얼굴로 서 있는 자신의 모습이 보였다. 그러나 눈빛을 가득 채운 당혹감과 온몸을 감도는 열기는 그대로였다. 다시 찬물을 틀었다.

눈을 뜬 인수가 욕실에서 들려오는 물소리를 들으며 생각에 잠긴 것을 알지 못한 채.

상이는 결국 한숨도 자지 못하고 이른 아침부터 북엇국을 끓이며 즉석밥을 데웠다. 통통거리며 돌아가는 전자레인지 소리에 깬 것인지, 진즉에 깨어 있던 것인지 알 수 없지만 인수는 어느새 샤워를 끝내고 나와 젖은 머리카락을 수건으로 닦으며 식탁에 앉았다.

상이는 인수 앞에 밥과 국을 놓아주고는 맞은편에 앉았다. 그러고는 술이 덜 깬 건지 잠이 덜 깬 건지 어딘가 멍해 보이는 표정으로 인수의 안색을 살폈다. 다행히 인수는 평소와 다름없어 보였다. 상이는 안도감을 느끼며 뒤늦게 수저를 들었다.

시선이 인수의 입술에 머문 순간 어른들 몰래
간식을 훔쳐 먹다 걸린 아이처럼 상이의 심장이 거칠게 뛰었다.
마치 무언가에 홀린 듯, 상이는 인수의 잠든 얼굴을 향해
천천히 고개를 숙였다.

"오늘 약속 있어?"

"어, 어? 약속? 아니. 없는데?"

안도감도 잠시, 조용히 밥을 먹던 인수가 불쑥 상이에게 말을 걸어오는 바람에 상이는 말을 더듬으며 두서없이 답했다.

"그럼 오늘 너희 집에 가자."

"우리 집? 어, 그래."

갑자기 왜 자신의 집에 가자고 하는지 영문을 알 수 없었지만, 어젯밤 일로 인수에게 미안한 마음이 들었던 상이는 토를 달지 않고 알겠다고 대답했다.

인수와 생활한 지 얼마 되지 않은 것 같은데, 집으로 이어지는 좁고 가파른 골목길이 낯설게 느껴졌다. 그새 인수네 동네에 익숙해졌나 보다. 골목 입구 편의점에서 맥주 몇 캔과 간단한 안주를 사 들고 집으로 향했다. 인수는 좁은 골목길이 신기한지 연신 두리번거렸는데, 그 모습을 보자 상이는 괜히 부끄러워졌다.

"좋은 집 놔두고 굳이 왜 여기를 온다고 해."

"그냥, 궁금하잖아."

상이의 마음을 읽은 인수가 피식 웃으며 어깨동무를 해왔다. 평소와 다름없이 친근한 인수의 모습에 상이도 배시시 웃었다.

"하여튼 또라이."

"지는. 지도 또라이이면서."

인수의 커다란 손이 상이의 머리를 헝클어트렸다. 그 느낌이 좋아서 상이는 집에 좀 더 천천히 도착했으면 좋겠다고 생각했다.

상이가 먼저 현관문을 열고 집 안으로 들어섰고 그 뒤를 따라 인수가 들어왔다.

"생각했던 거랑 좀 다르네."

방 한가운데 서서 곳곳을 둘러보던 인수가 감상의 첫 마디를 내뱉었다. 좁은 방에 들어온 순간부터 상이는 인수와의 간격이 너무나도 신경 쓰였지만, 애써 아무렇지 않은 얼굴로 대답했다.

"이래 봬도 있을 건 다 있어."

상이가 자신의 말뜻을 오해한 것 같아 인수는 서둘러 덧붙였다.

"아니, 아늑해서. 왠지 너는 훨씬 황량하게 살 것 같은 이미지였거든. 아무 세간도 없이 침대 매트리스 하나만 덜렁 있을 것 같고."

"나를 뭘로 보고. 내가 노숙자냐."

투정 부리는 듯한 상이의 말투에 인수는 웃음이 났다.

"한 번쯤 와보고 싶었어, 네가 사는 공간."

"왜?"

"글쎄, 그냥."

아까부터 다정한 눈으로 자신을 바라보며 웃는 인수 때문에 부끄러워진 상이가 편의점 봉투에서 맥주를 꺼내 들었다.

"우리 나가자. 보여주고 싶은 데가 있어."

상이는 인수를 데리고 옥상으로 올라갔다. 상이의 자취방은 높은 지대에 위치해서 옥상에 올라오면 주변의 야경을 한눈에 볼 수 있었다. 이곳은 상이가 가장 좋아하는 공간이었다. 늦은 밤 옥상에 올라와 건너편에서 반짝이는 불빛들을 바라보고 있노라면 하루의 피곤이 다 씻겨나가는 것 같았다. 상이는 가장 좋아하는 공간을 인수와 나누고 싶었다.

"우와, 경치 끝내준다."

"좋지? 가끔 혼자 술 마시러 올라와. 안주가 필요 없다."

뿌듯해하는 상이의 표정이 귀여워 인수는 다시 상이의 머리카락을 쓰다듬었다.

"기특한데. 이런 곳을 나한테 보여주고 싶었다는 게."

"아, 뭐래."

야경을 안주 삼아 둘은 말없이 맥주 캔을 홀짝였다.

"나 오늘 여기서 자도 되지?"

인수가 가벼운 말투로 물었다. 상이는 인수가 도대체 무슨 생각을 하는 건지 궁금해졌다. 뜬금없이 상이의 집에 가자 하질 않나, 또 오늘 밤 여기서 자고 간다고 하질 않나. 혹여나 그 마음을 읽을 수 있을까 싶어 인수의 얼굴을 유심히 살폈지만, 결국 아무것도 알아낼 수 없었다.

"응. 너만 불편하지 않다면…."

"네가 더 불편하겠지, 나 때문에."

인수가 의미심장한 말투로 대답하며 상이에게 어깨에 팔을 둘렀다. 순간 상이는 심장이 덜컥 내려앉았다.

'뭐야? 무슨 의미야, 지금 그 말은? 혹시 어젯밤 일을 알고 있는 거야?'

당황한 상이가 마른 침을 삼키며 인수의 다음 말을 기다렸지만, 인수는 더는 입을 열지 않았다. 상이도 무리해서 인수의 진의를 알아내려는 생각은 접었다. 긁어 부스럼을 만들 필요는 없었다. 그러기엔 지금 인수와 함께하는 이 시간이 너무 소중했다. 쓸데없는 말로 인수를 잃고 싶지 않았다. 상이는 부러 장난을 치듯 인수의 팔을 밀어냈다.

"에이, 뭐래. 왜 이렇게 들이대냐?"

인수의 눈을 피하며 맥주를 마시는 상이의 어색한 몸짓에 인수는 그저 빙그레 웃었다. 그리고 도시의 화려한 야경과는 다르게 어둑어둑한 밤하늘을 올려다보았다.

"아, 요즘 기분 최고거든."

무심한 듯 툭 털어놓았지만 상이는 그것이 인수의 진심임을 알았다.

"끝이 보이지 않는 어둠 속을 제자리걸음 하는 것 같았어."

자조적인 미소를 지으며 맥주 캔을 입으로 가져가는 인수의 옆모습에서 그의 기분이 그대로 전해지는 듯했다. 첫날 유진의 이벤트에 인수가 보인 격한 반응이나 어젯밤 민성의 말을 토대로 생각해 볼 때, 인수가 지금 이 자리에 서기까지의 나날들이 절대 호락호락하지 않았음을 알 수 있었다. 어려운 생활 끝에 드디어 정식 데뷔의 문턱에 섰으니 어찌 감회가 남다르지 않을까. 어두운 밤, 수많은 인공조명 속에 묻혀 있던 별빛이 이제야 자신의 빛으로 반짝일 기회를 손에 넣은 것이다.

"네 음악이 세상에 공개된다는 거. 왜 나는 안 믿기지?"

상이의 말에 인수가 복잡한 얼굴로 대답했다.

"솔직히 모르겠어. 아직도 불안해. 잘 끝나긴 할까?"

낮은 목소리, 깊은 눈동자 어딘가에 불안이 깃들어 있었다. 상이는 누군가 바늘로 왼쪽 가슴을 콕콕 찌르는 것처럼 마음이 아팠다. 상이는 음악을 향한 인수의 진지함을 존경했다. 음악에 대한 그의 고집을 믿었다. 무엇보다 강인수라는 사람을 가슴 깊이 아꼈다. 소중한 사람이 자신 없어 하는 모습을 보니 어떻게든 그를 응원해주고 싶어졌다.

"에이, 왜 이래. 근자감 쩌는 강인수가."

상이의 장난기 가득한 핀잔에 인수가 곧바로 받아쳤다.

"그럼 근자감 쩌는 윤상이는 안 쫄리시나 보지?"

"당연히!"

상이의 다음 말을 기다리며 인수가 상이를 바라보았다. 그 눈빛이 너무나 그윽해서 상이는 황급히 시선을 돌렸다.

"쫄리지!"

상이의 솔직한 대답에 인수가 먼저 소리 내어 웃기 시작했다. 곧이어 상이도 인수를 따라 웃었다. 둘은 말없이 야경을 바라보며 맥주 캔을 기울였다.

"오늘 같은 날 민성이도 불러야 하는 거 아냐?"

왠지 민성이 알면 의리 없는 자식이라며 욕을 할 것 같았다.

"정식 발매되면 그때 부르자. 오늘은 우리 둘이서만."

'우리… 둘?'

그 말이 주는 어감에 상이는 몽글몽글해지는 기분이었다. 주책없는 심장이 또다시 빠르게 뛰기 시작했다. 상이는 쓸데없는 생각을 털어내려 목을 가다듬으며 맥주를 벌컥벌컥 들이켰다. 인수도 상이를 따라 맥주 캔을 들었다. 그리고 마치 건배하듯 맥주 캔을 상이에게 내밀었다.

"윤상이. 너 때문에 진짜로 행복했다."

세포 하나하나가 떨리는 기분이었다.

"에이. '했다' 말고 '하자.' 행복하자, 강인수. 앞으로도."

상이는 서둘러 인수가 내민 맥주 캔에 건배하고 남은 맥주를 단숨에 들이켰다. 자꾸만 거세지는 자신의 심장 소리가 행여 인수의 귀에 들릴까 봐 겁이 나서였다. 그런 상이가 귀엽기도 하고 고맙기도 해서 인수는 상이의 머리를 쓰다듬었다.

"그래, 행복하자."

상이의 부드러운 머릿결이 손바닥을 타고 넘어왔다. 손가락 사이에서 살랑거리는 감촉에 인수는 언제까지고 상이의 머리를 쓰다듬고 싶어졌다. 술이 아니라 그 부드러운 감촉 때문에 취기가 오르는 기분이 들었다. 인수는 지금 이 순간 느끼는 감정을 솔직하게 전하고 싶었다.

"네 덕분에 조금씩 앞으로 나아갈 수 있었어."

"에이, 뭐라는 거야. 오그라들게."

인수의 깊은 눈빛, 곧은 시선에 당황한 상이가 대답을 얼버무렸다. 눈을 피하며 고개를 숙이려는데 갑자기 인수가 훅, 상이의 목덜미를 자신 쪽으로 끌어당겼다. 인수의 이마가 상이의 이마에 닿았다.

"고맙다. 윤상이."

귓가에 나지막이 울리는 인수의 목소리. 그리고 곧 인수의 입술 감촉이 느껴졌다. 처음엔 우연히 스친 것이라고 생각했다. 그러나 정신을 차려 보니, 자신이 인수의 목덜미를 감싸 쥐고 그에게 입을 맞추고 있었다.

처음엔 우연히 스친 것이라고 생각했다.
그러나 정신을 차려 보니,
자신이 인수의 목덜미를 감싸 쥐고
그에게 입을 맞추고 있었다.

08 너는 어디에

'내가 지금 무슨 짓을 저지른 거지? 미쳤구나, 윤상이.'

상이는 화들짝 놀라 인수에게서 떨어졌다. 차마 인수를 쳐다볼 자신이 없었기에 미안하다는 말만 남기고 그대로 도망쳤다. 옥상에서 내려와 집으로 들어오자마자 다리에 힘이 풀려 현관 앞에 주저앉았다. 눈동자가 갈 곳을 잃고 흔들렸다. 순식간에 입술이 바짝 말라오고 등줄기에 식은땀이 흘렀다. 손끝이 두려움으로 가늘게 떨리기 시작했다. 남자에게 입맞춤했다는 사실보다 더 두려운 것은 인수와의 관계가 이렇게 끝날지도 모른다는 상상이었다.

'인수는 날 좋은 친구로 대해줬는데….'

상이를 음악적 파트너로, 소울메이트로 인정하며 언제나

다정하게 대해주던 인수였다. 상이도 자신의 음악을 알아주는 인수가 좋았다. 인수의 웃는 얼굴이 좋았고, 내 반쪽, 우리 상이라고 불러주던 인수의 음성이 좋았다. 머리를 쓰다듬는 섬세한 손길이 좋았고, 우연히 살이 닿을 때마다 온몸으로 퍼져나가던 따뜻한 체온이 좋았다. 강인수와 함께하는 모든 순간이 그저 좋은 것들로만 가득했다. 그래서일까. 결국 강인수라는 사람 자체를 좋아하게 되어버렸다.

"하하… 이거였어? 이거였어!"

인수를 향한 감정의 진실과 드디어 마주한 상이는 헛웃음을 내뱉었다. 인수에게 자신은 우정이었는데, 자신에게 인수는….

'이제 널 어떤 얼굴로 봐야 할까?'

그러나 그 뒤에 자동으로 따라붙는 생각은 상이를 두려움에 떨게 했다.

'날 다시 만나주기는 할까?'

술김에 친 장난이었다고 둘러댈 수도 있었다. 네가 너무 풀이 죽어 있는 것 같아서 정신 차리라고 시도한 충격 요법 같은 거라고, 사내자식끼리 진한 장난 한번 친 거니까 기분 나빴다면 나 한 대 치고 잊어버리라고 배짱을 부릴 수도 있었다.

하지만 상이는 그럴 수 없다는 걸 알았다. 인수를 향한 마음을 부정하고 거짓말을 하는 자신을 스스로 용서하지 못할 것이었다.

똑, 똑, 똑.

현관문을 두드리는 규칙적인 노크 소리에 상이는 자리에서 벌떡 일어났다. 문 너머에서 인기척이 느껴졌다. 상대도 상이의 기척을 들었는지 다시 문을 두드리지는 않았다. 숨을 쉬기조차 힘들었다. 눈물을 참느라 안간힘을 썼다.

"거기 안에 있지?"

인수였다. 문 하나를 사이에 두고 들려오는 인수의 목소리에 상이는 숨을 죽였다. 상이가 대답이 없자 인수 역시 한동안 말이 없었다.

"오늘은 너랑 못 있겠다."

인수의 말에 조금 전 옥상에서 오늘 이 집에서 자고 가겠다고 말하던 인수의 얼굴이 떠올랐다. 상이는 두 눈을 질끈 감았다. 그냥 언제나처럼 맥주를 마시면서 투닥투닥 장난치다 함께 잠이 드는, 여느 날과 다를 바 없는 오늘이 될 수도 있었는데. 모든 걸 망쳐버렸다. 그 행복했던 순간은 두 번 다시 오지 않을 것이다.

문 하나를 사이에 두고 들려오는 인수의 목소리에
상이는 숨을 죽였다. 상이가 대답이 없자
인수 역시 한동안 말이 없었다.

"나 갈게."

간다는 말을 하고서도 발소리는 들리지 않았다. 인수가 문 밖에서 가만히 서 있는 것이 느껴졌다. 하지만 손끝 하나 까딱할 수 없었다. 문을 열어 그를 마주 보는 것은 더더욱 할 수 없었다.

인수의 발걸음이 멀어지는 소리가 들렸다. 상이는 참았던 숨을 몰아쉬었다. 갇혀 있던 숨이 빠져나간 가슴에 미친 듯한 슬픔이 밀려왔다. 인수와 마주할 자신은 없었지만, 먼저 다가와준 인수에게 아무 말도 건네지 못한 채 헤어지는 것은 싫었다. 적어도 인수를 보고 제대로 사과해야 했다.

인수가 묻는다면 솔직히 고백하리라 마음먹었다. 그러나 자신의 감정을 인수에게 강요할 생각은 없었다. 인수가 원하는 대로 할 생각이었다. 친구로 남으라면 친구로 남고, 다시는 보고 싶지 않다고 하면, 마음은 아프겠지만 인수 앞에서 영원히 사라져주리라.

생각이 정리되고 결심이 서자 상이는 더 머뭇거리지 않았다. 상이는 있는 힘껏 현관문을 열고 뛰어나갔다. 저만치 멀리서 처진 어깨를 하고 골목을 터덜터덜 걷고 있는 인수의 뒷모습이 보였다. 인수를 부르기 위해 입을 열려던 찰나 유진의 말이 상이의 머릿속을 스쳐 지나갔다.

'지금부터 내가 하는 말 명심해. 우린 아티스트를 발굴해서 키우는 사람들이기도 하지만 결국 시장에 내놓을 상품을 만드는 사람들이라고. 전쟁 치르는 장수들이랑 다를 게 없어. 상품성을 떨어뜨릴 그 어떤 낌새라도 발견되면 미리 싹을 잘라야 하는 거야.'

잘려야 하는 싹. 그것은 바로 자신이었다. 편곡은 마무리되었다. 회사에서 그 편곡을 받아들이면 바로 정식 데뷔가 이뤄질 터였다.

'인수의 데뷔에 방해가 될 만한 요소는 미리미리 걸러내야 한다.'

지금 이 순간 코앞으로 다가온 인수의 데뷔를 방해할 만한 요소. 아무리 생각해봐도 자신 말고 다른 것을 떠올릴 수 없었다. 상이는 인수의 모습이 작은 점이 되어 시야에서 사라질 때까지 끝내 이름을 부르지 못했다.

그날 이후 상이는 인수의 집으로 다시 돌아가지 않았다. 편곡 작업은 이미 마무리되었기 때문에 이후 녹음 일정은 유진이 담당하게 되었다. 상이는 사무실에서 근무하면서 의식적으로 인수와 만나는 상황을 피했다. 인수가 상이에게 연락하는 일도 없었다.

인수의 데뷔곡에 대한 회사 내부 평가회가 열리는 날이 왔다. 회의실에 팀장을 필두로 유진, 지현, 인수, 그리고 홍보팀 직원들이 모였다. 기존 노래를 편곡한 인수의 데뷔곡을 처음으로 선보이는 순간. 긴장한 표정으로 회의실 모니터를 바라보는 유진과 달리 인수는 누군가를 찾는 듯 사무실 안을 두리번거렸다.

유진이 녹음된 음원을 재생시키자 곧 노래가 시작되었다. 인수와 상이가 함께 완성한 '위시 포 유 Wish For You'였다. 노래가 후반부를 향해 갈수록 사무실 안에 있던 모든 사람이 서로를 쳐다보며 고개를 끄덕였다. 팀장 역시 결과물에 만족스러움을 표현하며 홍보팀과 홍보 방향에 관해 연신 아이디어를 나누었다. 사무실의 달뜬 분위기에 안도한 유진도 흡족한 표정으로 옆에 앉은 인수를 바라보았다. 다른 생각에 빠져 있던 인수가 유진의 시선을 느끼고 정신을 차렸다.

"좋지?"

노래의 첫 소절이 시작되는 순간 모두가 그렇게 생각했지만, 팀장은 의견을 확실히 하기 위해 평가회에 참석한 전원을 향해 물었다. 모두 긍정의 의미로 고개를 끄덕였다. 이 정도 수준이라면 승부를 걸어볼 만하겠다는 기대감이 회의실을 물들였다. 정식 발매까지 남은 일정에 저마다 투지를 불태웠다. 더없이 좋은 분위기로 내부 평가회를 마무리하려는데, 회의실 문이 열리고 직원 한 명이 딱딱한 얼굴로 팀장에게 다가가 귓속말을 속삭였다.

활짝 웃고 있던 팀장의 얼굴이 점점 굳어지더니, 유진과 인수에게 수고했다는 인사를 남기고는 서둘러 회의실을 나갔다. 유진은 급하게 나가는 팀장의 뒷모습이 신경 쓰였지만, 어쨌든 평가회의 반응으로 보아 인수의 데뷔는 이대로 확정된 것이나 다름없다고 생각했다. 평가회에 참석한 직원들이 간만에 괜찮은 가수를 발견했다며 떠드는데 정작 당사자인 인수의 표정은 그다지 밝지 않았다.

"회사 역사상 최단기간 데뷔. 그 주인공인 인수 씨는 별로 안 기쁜가 봐?"

인수가 긴장해서 그런 거라고 생각한 유진은 긴장을 풀어주기 위해 가볍게 짓궂은 농담을 건넸지만, 인수는 그녀의 말을 듣는 둥 마는 둥 하고 회의실 문을 흘끔거리며 미간을 찌푸렸다.

"회사 역사상 최단기간 데뷔.
그 주인공인 인수 씨는 별로 안 기쁜가 봐?"
인수는 그녀의 말을 듣는 둥 마는 둥 하고
회의실 문을 흘끔거리며 미간을 찌푸렸다.

같은 시각 상이는 회사 입구에서 서성이고 있었다. 인수의 데뷔곡 평가회가 끝났을 시간이었다. 원칙대로라면 상이도 그 자리에 앉아 피드백을 나누고 있어야 했지만, 고민에 고민을 거듭한 끝에 상이는 평가회 날에 맞춰 연차를 썼다. 인수를 어떤 얼굴로 봐야 할지 알 수 없었다. 연차를 쓸 수 있는 정직원이라 얼마나 다행인지 몰랐다. 상이는 팀장에게 연차 승인을 받으면서 새삼 자신을 정직원으로 추천한 유진에게 마음속으로 '감사합니다!'를 외쳤다.

그렇게 인수를 피하고자 연차까지 썼건만, 집에 멍하니 누워 있던 상이는 결국 회의 시간에 맞춰 회사로 오고 말았다. 하지만 막상 들어가지 못하고 초조하게 건물만 올려다봤다. 인수와 자신이 편곡한 노래를 듣고 싶었고, 팀장님과 회사 사람들의 반응도 궁금했지만, 인수와 마주친다는 두려움을 넘어서기 어려웠다.

그날 그 사건 이후, 두 사람은 의식적으로 서로를 피하고 있었다. 이제 와서 무슨 면목으로 인수의 얼굴을 본단 말인가. 만약 인수의 눈에 떠오른 경멸감과 마주치기라도 한다면, 아니, 마치 모르는 사람처럼 인수가 감정 없는 눈길로 자신을 바라본다면 견딜 수 없을 것 같았다.

하지만 오늘은 인수에게 매우 중요한 날이었다. 그리고 자신에게도 중요한 날이었다. 그가 편곡한 곡이 처음 공개되는 날이었고, 인수의 데뷔 여부가 결정되는 날이기도 했다. 이렇게 중요한 순간 인수 곁에 당당하게 있을 수 없다는 사실에 서글픈 마음이 들었다.

'전화는 도무지 못 하겠고, 문자라도 한번 보내볼까?'

물론 결과를 물어볼 필요도 없었다. 당연히 통과했을 테니까. 문자를 보낸다면 축하 문자여야 할 터였다. 한참 핸드폰을 붙잡고 망설이다가 결국 아무것도 하지 못한 채 핸드폰을 주머니에 집어넣었다. 자신이 인수에게 연락한다는 것이 염치없게 느껴졌다. 데뷔 직전, 인수에게 부담이 될 것을 알면서도 한순간의 충동으로 그런 일을 벌여놓은 주제에, 보고 싶다는 욕심 하나로 연락을 취한다는 것은 스스로 생각해도 도가 지나친 일이었다.

상이는 가방을 고쳐 맸다. 누가 보기 전에 집으로 돌아가려고 몸을 돌리려는데, 회사 자동문이 열리는 모습이 얼핏 보였다. 무심코 다시 회사로 고개를 돌린 상이의 눈이 크게 벌어졌다. 인수가 걸어 나오고 있었다.

오랜만에 보는 인수의 얼굴은 해쓱해 보였다. 조금 여윈 것 같기도 하고, 딱딱하게 굳은 표정이 화를 참는 것처럼 보이기도 했다. 인수가 점점 가까워질수록 상이는 자신이 생각했던 것보다 더 많이 인수를 보고 싶어 했다는 사실을 깨달았다. 짧은 순간 긴장으로 축축해진 손바닥을 바지에 닦으며 상이는 마른침을 삼켰다. 무슨 말을 해야 하나, 어떤 표정을 지어야 하나 오만 가지 생각에 바짝 굳어버렸는데, 인수가 그런 상이에게는 눈길도 주지 않고 그대로 그를 스쳐 지나갔다.

"인수야?"

당황한 상이가 조그맣게 그의 이름을 불렀지만, 인수는 뒤돌아보지 않았다. 인수가 시야에서 사라질 때까지 멍하니 서 있는데 등 뒤에서 익숙한 목소리가 상이를 불렀다.

"상이 씨."

유진이 허망한 얼굴로 서 있었다.

"접으라고요? 말도 안 돼요. 이제 와서 프로젝트를 접으라니요. 게다가 다른 이유도 아니고, 강인수가 우리 회사 모기업 회장님 아들이라는 이유 때문이라니."

흥분한 유진을 보며 팀장도 안타까운 듯 인상을 썼다.

"회장님이 자기 아들 노래하는 거 반대하면서 지금까지 여

"접으라고요? 말도 안 돼요.
이제 와서 프로젝트를 접으라니요.
게다가 다른 이유도 아니고, 강인수가 우리 회사
모기업 회장님 아들이라는 이유 때문이라니."

기저기 다 틀어막은 모양이야. 그런데 등잔 밑이 어둡다고, 하필이면 우리 회사 레이블에 자기 아들이 있었으니…. 나도 기가 찬다."

"이대로 놓치기 아까운 인재잖아요. 팀장님, 어떻게 안 될까요?"

"모가지 날아가고 싶어? 회장님이 자식 놈 가수 안 만들겠다는데 어떡하니? 그 노래가 유통되겠어? 또 투자금은 누가 책임질 건데."

팀장은 유진의 말을 단칼에 잘랐다. 인수에게 재능이 있다는 것도, 이번 프로젝트에 충분히 사업성이 있다는 사실도 잘 알았지만 상대는 회장이었고 자신은 일개 팀장에 불과했다. 위에서 까라면 까야지, 별수 있나. 한낱 프로젝트에 자신의 목을 걸 수는 없었다. 게다가 유진처럼 능력 있는 부하 직원이 이번 일에 잘못 엮여 장래를 망치게 하고 싶지 않았다. 팀장은 바람 좀 쐬고 오라며 유진의 등을 떠밀었다.

유진은 속이 쓰렸다. 자신이 할 수 있는 일은 아무것도 없다는 생각이 들었다. 팀장의 마음을 바꿀 방법이 없을까 고민하는데 회사 앞에서 상이와 마주쳤다.

"정말 자기도 몰랐어? 같이 지내면서 낌새도 없었냐고."

유진의 다그침에 상이는 고개를 저었다. 유진보다 더 놀란 사람은 상이였다.

'인수네 아버지가 우리 회사 모기업 회장님이고, 회장님은 자기 아들인 인수가 가수가 되는 게 싫어서 인수의 데뷔를 막 았다는 거야?'

상이는 민성과 함께 술을 마셨던 날 밤, 민성이 했던 이야기를 기억해냈다. 인수의 부모님이 아들의 꿈을 방해한다는 이야기를 듣긴 했지만, 드라마에 자주 등장하는 장면처럼 부모 자식 간의 인연을 끊겠다며 윽박지르거나, 집에서 내쫓고 용 돈을 안 주는 그런 정도라고만 생각했다. 하지만 현실은 드라 마보다 더 드라마 같았다.

인수가 혈연을 내세워 계약한 것도 아니고, 오로지 본인의 능력만으로 여기까지 왔는데, 여기까지 오기 위해 얼마나 노 력했는데 아버지라는 사람이 자신의 권력을 남용해 아들의 꿈 을 짓밟는단 말인가. 아무리 생각해봐도 이해가 되지 않았다.

"어떻게 아버지가 아들한테 이럴 수 있죠? 가족이잖아요."

유진에게 소리치는 상이의 눈에 눈물이 고였다. 화가 나고 속상한 마음을 누를 수 없었다.

"그런데 회사까지 이러면 안 되는 거잖아요!"

상이는 몸을 돌려 달리기 시작했다.

'전화 좀 받아라, 강인수. 제발 받아, 인수야.'

인수네 집으로 향하는 택시 안에서 수십 번을 전화했다. 고객님의 전화기가 꺼져있다는 안내 멘트가 반복되었다. 마음이 초조해졌다.

"기사님, 죄송한데 최대한 빨리 가주세요. 부탁드릴게요."

인수의 집 앞에 도착하자마자 잔돈도 받지 않고 뛰쳐나가 미친 듯 벨을 눌렀다. 아무 소리도 들리지 않았다.

"야, 강인수! 나야, 윤상이!"

주먹으로 세게 문을 두들겼다.

"강인수, 안에 있어? 있으면 대답 좀 해봐."

현관문에 귀를 대고 인기척이 나는지 확인했지만 아무 소리도 들리지 않았다. 마음이 더욱 다급해졌다. 지갑을 꺼내 그 안에 고이 넣어두었던 열쇠를 꺼냈다. 처음 인수와 다투고 화해한 날 이후로는 늘 둘이 함께 다녔기 때문에 열쇠를 쓸 일이 없었다. 손이 떨려서인지, 마음이 급해서인지 열쇠를 열쇠 구멍에 제대로 꽂을 수가 없었다. 이런 간단한 일 하나조차 제대로 못 하는 자신에게 짜증이 났다. 몇 번의 시도 끝에 비로소 현관문을 열 수 있었다. 문을 열기가 무섭게 신발도 벗지 않고 집 안으로 뛰어 들어갔다.

오랜만에 들어온 인수의 집은 변한 게 하나도 없었다, 인수가 없다는 점만 빼고는. 모든 것이 그대로인데 인수만 없었다. 서글픔이 밀려왔다. 눈물이 날 것 같아 한 손으로 얼굴을 문질렀다. 감상에 빠져 있을 때가 아니었다. 서둘러 인수를 찾아야 했다. 마음을 다잡고 발길을 돌리려는데 피아노 위에 놓인 쪽지가 눈에 들어왔다. 쪽지를 향해 손을 뻗는 상이의 손끝이 떨렸다. 익숙한 필체로 쓰인 글. 인수가 상이에게 남긴 메시지였다. 쪽지를 읽는 상이의 눈에서 눈물이 볼을 타고 흘러내렸다. 하염없이 눈물이 쏟아졌다.

하루하루 그나마 버틸 수 있었던 건 너였어, 상이야.

이젠 모든 게 끝났으니 잘 가렴.

내 모습 보이기 싫고, 너 가는 모습 상상이 안 된다.

잘 가. 잘 있어!

히루히루 그나마 버틸수 있었던 건...
너였어 상미야... 이젠 모든게 끝이났
잘가렴! 내모습 보기 싫고...
너 가는 모습 상상이 안된다.
잘가! 잘있어!
Good bye my friend!
Wish you!

오랜만에 들어온 인수의 집은 변한 게 하나도 없었다,
인수가 없다는 점만 빼고는.
모든 것이 그대로인데 인수만 없었다.
서글픔이 밀려왔다.

09 너의 부재를 견딘다는 것

인수가 갈 만한 곳은 모두 찾아보았다. 편곡 아이디어가 막힐 때면 둘이 종종 산책했던 공원, 음악 작업을 하며 자주 찾던 카페, 함께 술을 마셨던 식당. 인수와 한 번이라도 갔던 장소는 모두 찾아가 보았지만 인수는 아무 데도 없었다. 늦은 밤까지 미친 사람처럼 인수를 찾아 사방팔방을 헤매던 상이는 뒤늦게 민성이 떠올라 그에게 전화했다.

"민성아, 혹시 인수한테 연락 왔어?"

"인수? 인수가 왜? 뜬금없이 무슨 말이야?"

민성에게도 연락하지 않은 모양이었다.

"자세한 건 나중에 설명할게. 일단 인수가 갈 만한 곳 좀 알려주라."

"뭐야? 대체 무슨 일인데?"

다급한 목소리로 묻는 민성을 무시하고 전화를 끊었다. 문득 인수가 자신의 집으로 갔을지도 모른다는 생각에 상이는 망설이지 않고 집으로 달려갔다. 집으로 향하는 골목에도, 집 앞에도, 그리고 옥상에도 인수는 보이지 않았다. 대신 곳곳에 남아 있는 인수와의 기억들이 되살아나 상이를 힘들게 했다.

다음 날 인수의 집에서 상이와 만난 민성은 자초지종을 듣고 길길이 날뛰며 화를 냈다.

"아니, 어떻게 세상에 그딴 아버지가 다 있냐? 자식 앞길을 막는 것도 정도가 있지. 멀쩡한 남의 프로젝트를 가지고 장난을 쳐?"

상이는 민성의 말에 전적으로 동의했다.

"와, 그나저나 인수 아버지, 대단한 사람인 줄은 알았지만 유성 그룹 회장이었다니."

민성의 말처럼, 인수의 아버지는 너무 높은 사람이라 상이로선 문제를 해결할 방도가 떠오르지 않았다. 마음 같아선 그를 찾아가 아버지라는 사람이 어떻게 아들에게 그렇게 잔인할 수 있느냐고 화를 내고 싶고, 인수의 꿈을 더는 방해하지 말아달라고 애원도 해보고 싶었다. 하지만 대기업 회장님 정도

되는 분이 일개 자회사 직원을 만나주기나 할지 의심스러웠다. 새삼 자신의 현실을 깨달은 상이의 얼굴이 어두워졌다. 민성도 상이의 생각을 읽었는지 고개를 떨구었다.

두 사람이 인수를 위해 할 수 있는 일은 그저 인수가 꿈을 포기하지 않도록 응원하는 것뿐이었다. 그러기 위해서는 먼저 인수를 찾아야 했다. 인수가 남긴 이제는 모든 게 끝났다는 말이, 잘 가라는 인사가 상이의 가슴에 깊게 박혀 숨을 쉴 때마다 마음이 아파왔다. 인수가 무사한 모습을 봐야 이 아픔이 사라질 것 같았다.

"일단은 인수를 찾아야 해."

"그래, 맞아. 일단 이 자식 먼저 찾자. 그다음 일은 찾고 나서 생각하자."

"그러게요. 먼저 인수 씨부터 찾읍시다."

불쑥 끼어든 목소리에 상이와 민성이 동시에 고개를 돌렸다. 유진이 현관문을 열고 들어오고 있었다.

"두 사람 모습을 보아하니, 인수 씨 아직 안 돌아온 모양이네. 전화도 안 되던데…."

갑작스런 유진의 등장에 상이와 민성은 두 눈만 끔뻑였다. 그러나 유진은 당찬 표정으로 가방에서 무언가를 꺼냈다. 유

집으로 향하는 골목에도, 집 앞에도,
그리고 옥상에도 인수는 보이지 않았다.
대신 곳곳에 남아 있는 인수와의 기억들이 되살아나
상이를 힘들게 했다.

진이 꺼낸 파일엔 '강인수 프로젝트'라고 쓰여 있었다.

"나는 강인수 프로젝트의 책임자입니다. 책임자로서 이 프로젝트를 계속할 생각이에요."

유진의 말에 상이와 민성은 어안이 벙벙해져 서로를 바라보았다.

"무슨 말인지 모르겠어? 회사와 상관없이 강인수 데뷔 프로젝트를 진행할 거라고."

유진의 선언에 상이의 입이 떡 벌어졌다. 민성도 상이와 다르지 않은 반응을 보였다.

"내가 처음 발굴한 아티스트인데 이렇게 묻히게 둘 순 없지. 강인수도, 그리고 이 노래를 같이 만든 너, 윤상이도 내가 보란 듯이 성공시킬 거야! 자, 그럼 먼저 뭐가 필요할까? 강인수 본인이 있어야겠지? 그러니까 두 사람, 강인수 찾아와. 찾아서 내 앞에 데려와!"

상이는 유진의 카리스마에 압도되어 세차게 고개를 끄덕였다. 민성도 상이 옆에서 열렬히 고개를 끄덕였다. 상이는 유진에게서 어딘가 익숙한 느낌을 받았다. 마녀라 불리는 팀장의 무시무시한 기운 같은 것 말이다. 할 말을 마친 유진은 흘긋 상이를 쳐다보았다. 밤새 한숨도 못 잤는지 상이의 두 눈에는 핏

발이 서 있었다. 핼쑥한 뺨과 창백한 안색을 보니 밥도 먹지 않은 듯했다.

"윤상이."

"네, 대리님."

유진의 부름에 상이는 군기를 꽉 채워 대답했다. 유진이 함께해준다니, 천군만마를 얻은 기분이었다. 상이는 유진이 시키는 일이라면 무엇이든 하겠다고 다짐했다. 상이의 표정을 읽은 유진이 피식 웃음을 지으며 상이에게 카드를 한 장 내밀었다.

"일단은 밥부터 먹어."

"네?"

"이렇게 톡 건드리면 쓰러질 것 같은 꼴로 어떻게 인수 씨를 찾으러 다녀."

"아…."

"정신 차려, 윤상이. 다 큰 성인 남자가 제 발로 걸어 나갔는데 쉽게 찾을 수 있을 것 같아? 장기전이 될지도 몰라. 그러니까 밥 먹고 힘내서 찾으러 다녀. 회사 쪽은 내가 알아서 처리할 테니까. 알았어?"

어서 카드를 받으라고 재촉하는 유진의 손길에 상이는 망설이다 두 손으로 카드를 받았다.

"법인 카드입니까?"

눈치 없이 민성이 물었다.

"내 개인 카드야. 그러니까 너무 비싼 건 사 먹지 마."

할 말을 마친 유진이 볼일은 끝났다는 듯 미련 없이 뒤돌아섰다.

"대리님."

상이가 유진을 불렀다.

"고맙습니다."

90도로 허리를 숙여 깍듯이 인사하는 상이를 따라 민성도 고개를 숙였다.

"고마우면, 나중에 잘돼서 다 갚아."

"네!"

상이가 큰 소리로 대답했다.

인수가 사라진 지 닷새가 지났다. 유진이 다녀간 뒤 상이는 민성과 함께 부대찌개로 든든하게 배를 채우고 인수가 갈 만한 곳을 다시 찾아다녔다. 하지만 어느 곳에서도 인수의 흔적을 발견할 수 없었다. 문자도, 카톡도, 심지어 음성메시지도 몇

번이나 남겼지만 핸드폰 전원을 꺼두었는지 무엇 하나 확인
한 기미가 보이지 않았다.

'도대체 어디로 숨어버린 거야, 강인수'

더는 찾아볼 만한 장소가 생각나지 않았다. 상이는 집에 앉
아 핸드폰을 두 손에 꼭 쥐고 인수가 먼저 연락해오기를 기다
렸다. 잠잘 때는 물론 화장실에 갈 때도 핸드폰을 손에서 놓지
않으며 화면에 '인수'라는 이름이 뜨기를 하염없이 기다렸다.
그러나 시간이 흘러도 전화는 오지 않았다. 상이는 편곡 작업
을 하는 동안 인수와 함께 찍었던 사진과 영상을 바라보면서
소식 없는 인수를 걱정하다가, 원망하다가, 그리워했다.

"강인수, 나쁜 새끼…."

입으로는 욕을 내뱉으면서도 두 눈에는 그리움이 가득했
다. 상이는 불도 켜지 않고 방바닥에 누워 핸드폰만 바라보다
가 까무룩 잠이 들었다.

파도 소리가 들렸다. 인수가 도착한 곳은 남쪽 바다였다. 떠
나고 싶어서 무작정 땅이 끝나는 곳으로 왔다. 정신을 차리니
길이 끝나 있었다. 그리고 길이 자취를 감춘 곳에 바다가 펼쳐
졌다. 한 걸음 한 걸음 바다를 향해 걸었다. 어느새 바닷물이

상이는 편곡 작업을 하는 동안
인수와 함께 찍었던 사진과 영상을 바라보면서
소식 없는 인수를 걱정하다가, 원망하다가, 그리워했다.

발목까지 찼다.

아버지에게 방해받은 게 이번이 처음은 아니었다. 이번에도 길을 막는다면 다시 다른 길을 찾으면 되었다. 아버지에게 무언가를 증명하기 위해 음악을 하는 것이 아니었다. 데뷔하기 위해, 유명해지기 위해서도 아니었다. 그저 음악이 좋았을 뿐이었다. 불현듯 할머니의 목소리가 떠올랐다.

'우리 인수, 너는 꼭 너 좋아하는 거 마음껏 하고 살아.'

할머니가 당부한 대로, 그저 자유롭게 살고 싶을 뿐이었다. 음악을 할 때 가장 자신답다고 느꼈다.

'그래, 행복하자. 네 덕분에 조금씩 앞으로 나아갈 수 있었어.'

상이와 옥상에서 술을 마시던 밤, '행복하자'라는 상이의 말에 인수는 그렇게 대답했다. 상이가 곁에 있어준다면 계속 앞으로 나아갈 수 있을 것 같았다. 진정으로 행복해질 수 있을 것 같았다. 그래서 상이가 키스했을 때 피하지도 밀치지도 않았다. 어쩌면 그 순간을 기다려왔는지도 몰랐다. 상이는 자신의 부족함을 채워주는 사람이었다. 다시 미래를 꿈꾸게 하는 사람이었다. 무엇보다, 함께 있으면 다른 어떤 것도 떠오르지 않는 사람이었다. 그것만으로 충분했다. 윤상이는 강인수의 반

'우리 인수, 너는 꼭 너 좋아하는 거 마음껏 하고 살아.'
할머니가 당부한 대로, 그저 자유롭게 살고 싶을 뿐이었다.
음악을 할 때 가장 자신답다고 느꼈다.

쪽이었다. 함께할 때 비로소 서로가 완전해지는 반쪽.

꺼두었던 핸드폰의 전원을 켰다. 전원이 들어오기 무섭게 수많은 알림창이 떴다. 카톡부터 문자, 그리고 음성메시지까지…. 천천히, 그리고 꼼꼼하게 상이가 남긴 메시지를 모두 확인한 인수는 가장 최근에 도착한 메시지를 보고 피식 웃었다.

'강인수, 나쁜 새끼….'

한참 상이의 문자를 바라보던 인수가 어딘가로 전화를 걸었다.

쾅, 쾅, 쾅.

거친 노크 소리에 설핏 잠이 들었던 상이는 인상을 썼다.

쾅, 쾅, 쾅, 쾅.

연속해서 문을 두드리는 소리에 상이는 떠지지 않는 눈을 억지로 떴다. 창문으로 해가 기우는 것이 보였다. 늦은 오후쯤 되는 것 같았다. 상이는 혹시 잠든 사이 인수에게서 연락이 왔을까 싶어 핸드폰을 확인했다. 하지만 역시 새로운 메시지는 없었다. 실망한 상이는 속상한 마음을 감출 길이 없는데 밖에서 누군가 계속 현관문을 두들기고 있었다.

쾅, 쾅, 쾅, 쾅, 쾅.

"왜 자꾸 지랄이야!"

화가 치밀어 올랐다. 누군지는 몰라도 욕이라도 한바탕 시원하게 쏟아줘야겠다고 다짐하며 현관문을 벌컥 열었다. 하지만 문을 두드린 사람이 누군지 확인하는 순간, 상이는 머리 끝까지 치솟았던 짜증이 파스스 사그라들었다.

상이는 넋 나간 얼굴로 인수를 바라보았다. 인수는 그런 상이를 보며 인상을 찡그렸다. 한눈에 보기에도 상이의 얼굴이 많이 상해 있었다. 잠도 잘 자지 못했는지, 잔뜩 충혈된 눈 밑으로 다크 서클이 깊게 내려와 있었다. 안색마저 창백해 며칠 크게 아팠던 사람처럼 보였다. 이런 꼴이 될 때까지 자신을 걱정했을 상이의 마음이 고스란히 느껴졌다. 인수는 속상하고 미안한 마음을 감추며 평소처럼 툭 말을 던졌다.

"꼴이 이게 뭐냐."

"강인수. 너 맞지?"

눈앞의 장면을 믿을 수 없다는 듯 상이는 두 눈을 끔벅였다. 인수가 웃었다.

"왜, 내가 잘못이라도 됐을까 봐? 왜 이러셔. 나 근자감 쩌는 강인수야."

인수의 말에 상이는 울지도, 웃지도 못하고 그저 멍한 표정

만지었다. 인수는 그런 상이 곁으로 한 발자국 다가섰다.

"우리 아버지에게 보여주고 싶었어. 당신이 아무리 방해해도 내가 할 수 있단 걸 보여주고 싶었어. 당신 도움 없이 내 인생 살겠다고 선포하고 싶었는데…."

인수의 이야기를 듣는 상이의 얼굴이 금방이라도 울음을 쏟아낼 것처럼 일그러졌다. 인수는 눈물이 그렁그렁하게 차오른 상이의 눈가를 엄지손가락으로 조심스럽게 훑었다.

"그런데 너 만나고, 너랑 있으면서 깨달았어. 너랑 노래하고 너랑 음악 하는 게 진짜 행복이라는 걸."

인수가 상이의 두 눈을 똑바로 바라보았다. 흔들림 없는 시선이었다. 언제나 인수의 표정을 읽기 힘들어하던 상이였는데, 이번엔 아니었다. 인수의 눈빛이 진심을 말하고 있었다.

"다시 나를 앞으로 나아가게 해줄래?"

상이는 가슴에서 아픔이 사라지는 것을 느꼈다. 강인수가 돌아왔다. 전보다 더 크고 단단해진 모습으로. 그리고 앞으로 함께하자고 말한다. 아픔이 녹아 없어진 자리에 행복이 차올랐다. 상이는 젖은 눈으로 인수를 향해 웃어 보이며 짐짓 혼내는 투로 말했다.

"다신 말없이 사라지지 마."

인수는 그 말이 승낙이라는 걸 알았다. 먼저 사라지지 않는 한 늘 곁에 있어주겠다는 약속이기도 했다. 한없이 다정하면서도 올곧은 상이의 두 눈에 인수는 더는 망설이지 않기로 했다. 인수는 상이의 입술에 입을 맞췄다. 갑작스러운 입맞춤에 상이는 놀란 눈으로 인수를 바라보았다. 인수는 함박웃음을 지으며 상이에게 손을 내밀었다.

"가자. 가서 우리만의 음악 하자."

상이가 인수의 손을 잡았다. 두 번 다시 놓지 않을 손이었다.

"그런데 너 만나고, 너랑 있으면서 깨달았어.
너랑 노래하고 너랑 음악 하는 게 진짜 행복이라는 걸."

10 너의 시선 끝에 내가 있다

"이유진 씨, 안 돼! 난 안 된다고 이야기했어."

팀장이 뒤에서 소리쳤지만, 유진은 못 들은 척 자리로 돌아와 가방과 핸드폰을 챙겼다. 자신을 보고 술렁이는 직원들의 시선을 깨끗이 무시한 채, 그길로 회사를 나왔다. 차에 올라탄 유진은 목에 걸고 있던 사원증을 미련 없이 옆 좌석에 던져놓고 백미러를 보며 머리를 매만졌다. 그리곤 전화기를 집어 들었다.

"자기야, 지금 어디? 내가 그쪽으로 갈 테니까 잠깐 나 좀 봐."

시동이 켜진 유진의 차가 부드럽게, 그러나 거침없이 회사 주차장을 빠져나갔다.

녹음실 문을 힘차게 열어젖히고 성큼성큼 다가오는 유진의 모습에 정후의 어깨가 살짝 움츠러들었다. 유진과 알고 지낸 지난날의 경험으로 볼 때, 저렇게 저돌적으로 돌진해오는 유진이 득이 되는 이야기를 들고 오는 경우는 결단코 단 한 번도 없었다.

"뭐야, 무슨 이야기를 하려고 이 시간에 여길 온 거야? 한창 바빠야 할 때 아냐? 잘리기라도 한 거야?"

유진이 공격하기 전에 일단 방어부터 해야겠다는 생각에 정후는 의자 뒤로 최대한 몸을 젖혀 유진과의 거리를 넓혔다.

"지금 강인수 프로젝트 회사에서 까였다고 비꼬는 거야?"

헉! 첫 공격부터 만만치 않았다. 유진이 첫 입봉작으로 준비하던 강인수 프로젝트가 내부 사정이라는 모종의 이유로 중단되는 바람에 지금 유진의 손이 빈 상황이라는 사실을 깜빡하고 말았다. 당황한 정후가 재빨리 변명하려고 했다.

"아, 아니. 내 말은 그 뜻이 아니고…."

"됐고! 뭐 어차피 틀린 말도 아니니까."

"뭐?"

"아! 말해두지만 잘린 게 아니라 그만두고 나온 거야."

유진의 폭탄선언에 정후의 입이 저절로 벌어졌다. 유진이

다니던 기획사는 이 분야에서 알아주는 탄탄한 회사였다. 그곳에서 능력을 인정받아 빠르게 대리 직급을 달았으니 이번 프로젝트만 잘 성공하면 과장으로 승진하는 것도 문제없었을 텐데, 그걸 제 손으로 버리고 나왔다고? 정후는 유진의 생각을 도무지 알 수가 없었다.

"뭐예요, 대리님? 그럼 이제 기획사 직원 아니신 거예요?"

갑자기 끼어든 목소리의 주인공은 민성이었다. 어디 창고라도 정리하다 온 것인지 온통 먼지를 뒤집어쓴 행색이었다. 유진은 인상을 찡그리며 코와 입을 손으로 가렸다.

"앤 왜 여기 있어?"

"그게 중요한 게 아니고요. 대리님 그만두면 우리 인수는 어떡해요? 우리 인수 정말 데뷔 못 하는 거예요?"

유진의 레이저 눈빛에도 기죽지 않고 우리 인수 어쩌냐고 박박 악을 쓰는 민성을 보며 정후는 속으로 박수를 보냈다. 자신이 10년 동안 감히 못 해본 일을 이 젊은 친구가 해내는 모습을 보니 감탄이 절로 나왔다.

"뭐야? 여긴 어쩐 일로 온 거야?"

"만약 우리 인수 잘리면 피디님께 배울 수 있게 해달라고 부탁드리러 왔죠."

유진은 민성의 말이 사실이냐는 듯 정후를 바라보았다. 정후는 말도 말라는 눈빛으로 고개를 절레절레 저었다.

"지난번 강인수랑 같이 다녀간 뒤로는 제집 드나들 듯이 드나들어. 아휴, 말도 마. 나도 골치 아파."

사실 민성은 인수의 녹음 테스트가 있던 날 이후 이틀에 한 번꼴로 정후의 녹음실을 찾았다. 그러면서 우리 인수 편곡 녹음은 잘 진행되고 있냐, 우리 인수 노래가 어떻게 잘될 것 같으냐, 우리 인수 잘 부탁한다 등 정후를 볼 때마다 우리 인수, 우리 인수를 아주 입에 달고 살았다. 정후의 귀에 아주 딱지가 않을 지경이었다. 그러더니 며칠 전부터는 아예 아침부터 저녁까지 녹음실에 눌어붙었다. 민성은 우리 인수가 사정이 생겨서 기획사에서 정식 데뷔를 하기 어려울 수도 있을 것 같으니 여기 스튜디오에서 음악 작업을 배울 수 없겠냐고 정후에게 사정했다. 부탁만 하고 그냥 멀뚱히 있으면 방해된다고 쫓아내기라도 할 텐데, 뜻밖에 민성은 눈치가 빠르고 빠릿빠릿했다. 스튜디오 스태프들도 눈치껏 잔심부름도 하고 청소도 돕는 민성에게 점점 호감을 품었다.

거기다 민성이 이렇게까지 하는 이유가 다 제 친구인 인수를 위해서란다. 그 마음이 기특해서라도 모질게 대하기 힘들

었다. 오죽하면 스텝들 사이에서 민성의 별명이 '인수 마누라'
일까. 내조도 이런 내조가 없었다.

"민성 씨!"

민성의 말과 정후의 태도에서 대충 상황을 짐작한 유진은
민성을 향해 엄지를 날렸다.

"잘했어."

민성은 뜬금없이 자신에게 엄지손가락을 보이며 칭찬하는
유진의 태도에 어리둥절했다. 반면 정후는 유진이 입꼬리를
올리며 웃자, 그 모습이 진심으로 사악해 보인다고 생각했다.
유진은 그 사악한 웃음을 지으며 다시 정후에게 다가왔다.

"자기야."

"뭐, 뭐야? 왜 그래?"

"자기도 인수 씨 실력, 인정하지?"

"그, 그야 그렇지."

"상이 씨는?"

"그 녀석도 아주 물건이더라고. 이번에 강인수 곡 편곡한 거
보니까 실력 있어. 사무실 막내로 썩히기엔 아까워."

유진이 묻는 말에 곧이곧대로 대답하던 정후는 점점 자신
이 유진이 쳐놓은 그물 안으로 걸어 들어가고 있다는 불안감

을 지울 수 없었다.

"그럼, 그런 인수 씨랑 상이 씨가 함께하면 어떨 것 같아? 시장에 먹힐 가능성 있어 보여?"

"당연하지. 이번 노래만 봐도 알잖아. 이거 음원 시장에 풀리면 마니아층의 반응은 장난 아닐 거야. 당장은 몰라도 장기적으로 보면 그 두 사람, 분명 일 한번 낼 거다. 내 장담하지."

정후가 보기에도 두 사람이 함께 만든 '위시 포 유'는 훌륭했다. 그렇기에 이번에 정식 발매가 보류된 것이 너무 안타까웠다. 아이돌 음악처럼 10대 시장을 중심으로 큰 파급력을 불러일으키며 단박에 히트 칠 그런 종류의 음악은 분명 아니지만, 20대부터 시작하여 음악 시장의 새로운 중심 타깃인 4050층에까지 폭넓게 관심을 받으며 롱런할 가능성이 분명히 있었다. 게다가 두 사람 다 실력이 좋으니 함께 음악을 한다면 그들만의 새로운 장르를 개척하지 못하리란 법도 없었다. 프로듀서로서 정후는 앞으로 두 사람이 만들어갈 음악에 기대가 컸다. 정후의 대답을 들은 유진의 미소가 더욱 짙어졌다. 그에 따라 정후의 불안감도 더 깊어지고 있었다.

"자기도 이 업계에서 있으면서 족적을 남길 일 한 번쯤 하고 싶지 않아? 비틀스 제5의 멤버라 불렸던 조지 마틴이나, 비스

252

티 보이즈를 스타로 만든 릭 루빈처럼 말이야."

유진이 정후를 향해 미끼를 던졌다.

"자기가 옆에서 조금만 도와주면, 우리 인수 씨랑 상이 씨가 자기 이름을 가요계에 남길 수 있을 것 같은데. 어때?"

매력적인 제안이었다. 재능 있고 실력 있는 가수와 함께하면서 최고의 음악을 만들어내는 것. 프로듀서로서 이보다 더 영광스러운 일이 어디 있겠는가. 달콤한 향에 취해 독사과를 베어 물기 일보 직전, 인수의 데뷔 무산 뒤에는 엄청난 거물이 있으니 알아서 몸을 사리라고 충고해주던 선배의 말이 떠올랐다.

"하지만 강인수는 좀…."

미끼를 물 듯 물지 않는 정후의 신중한 태도에 유진은 남자가 뭐 그렇게 결단력이 없냐며 한소리 하고 싶었지만, 아쉬운 쪽은 자신이라는 생각에 그 말을 꾹 눌러 참았다.

"강인수 데뷔 막은 뒷배가 마음에 걸려서 그래? 잘 생각해봐, 자기야. 그 사람이 음원 유통은 막을 수 있을지 몰라도 유튜브나 소셜 미디어까지 막을 수 있을 것 같아? 아무리 힘 있는 사람이라도 대중이 좋아서 보겠다는 걸 막을 수는 없어."

유진은 가방에서 정후를 설득하기 위해 가져온 비장의 카드, 즉 강인수 홍보 전략을 정리한 기획서를 내밀었다. 유진의 기세에 눌려 기획서를 받은 정후는 쭈뼛쭈뼛 페이지를 넘기며 읽는 시늉을 했다. 하지만 곧 정후의 눈빛이 진지하게 바뀌었다.

"강인수의 음악은 기존 음반 시장이나 음원 시장이 아니라 유튜브 시장을 중심으로 시작할 거야. 모든 음악을 뮤직 드라마 형태로 공개할 거고, 음원이 만들어지는 과정 및 뮤직 드라마 촬영 과정, 제작 비하인드 스토리까지 전부 영상으로 만들어서 공유할 거야. 영상의 시대에 음악은 귀로만 듣는 게 아니라는 점을 보여주는 셈이지. 자기도 알다시피 인수 씨, 상이 씨 모두 대중들이 좋아할 만한 비주얼이고 또 실력도 받쳐주니, 프로듀싱 제대로 붙고 홍보만 확실히 진행한다면 난 이거 승산 있다고 보는데. 자기 눈엔 어때?"

옆에서 돌아가는 상황을 지켜보던 민성은 자신의 최대 장점이라고 할 수 있는 예민한 눈치를 발휘해 유진에게 맞장구를 쳤다.

"저도 도울게요! 저 영상 편집이랑 유튜브 관리 잘해요. 인수 것도 제가 관리했어요!"

손을 번쩍 들고 열렬히 자신을 어필하는 민성에게 유진은 다시 한번 엄지를 날렸다.

"어때, 자기야? 같이 할 거지?"

정후는 결국 유진의 그물 안에 제 발로 걸어 들어가 곱게 자리를 잡았다.

정후와의 교섭을 만족스럽게 마친 유진은 다음 대상을 낚기 위해 녹음실을 나왔다. 때마침 그녀의 핸드폰이 울렸다. 발신자는 놀랍게도 그녀의 0순위 타깃이자 모두가 애타가 기다리는 그 남자, 강인수였다.

유진은 인수가 상이나 민성이 아닌 자신에게 가장 먼저 연락을 해올 것이라고는 상상도 하지 못했다. 하지만 당황하지 않고 침착하게 심호흡을 했다. 협상의 기본은 조급해하지 않는 것이다. 내가 조급해한다는 사실을 상대방에게 들키는 순간, 주도권도 상대에게 넘어가기 때문이다. 유진은 천천히, 그러나 확실하게 통화버튼을 눌렀다.

"접니다. 강인수."

"알아요. 잘 지냈어요?"

인수는 답이 없었다. 다만 수화기 건너편에서 익숙한 소리가 규칙적으로 들렸다. 아마도 파도 소리인 듯했다.

"춥진 않아요?"

"적당히 생각을 정리할 만큼 시원합니다."

"그래서, 정리는 다 끝났어요?"

"네."

한 치의 망설임도 섞이지 않은 깨끗한 대답이었다.

"문자로 보내주신 내용 잘 봤습니다. 정말 저와 상이를 지원해주실 건가요?"

"네, 말 그대로예요. 나는 인수 씨와 상이 씨의 가능성을 봤어요. 그리고 무엇보다 내 안목을 믿어요."

인수는 또다시 말이 없었다. 그러나 유진은 채근하지 않았다. 정후를 설득할 때처럼 많은 말들을 덧붙이지도 않았다. 인수는 아티스트였고, 음악을 향한 자신만의 고집이 있었다. 유진은 다른 것보다 그 고집과 열정을 믿었다. 인수는 쉽게 이 길을 포기할 사람이 아니었다.

"좋습니다. 이유진 대리님을 한번 믿어보겠습니다."

드디어 타깃 0순위를 손에 넣었다. 그것도 예상했던 것 이상으로 훨씬 순조롭게 말이다. 유진이 소리 없이 환호성을 내지르려고 할 때, 다시 인수의 목소리가 들렸다.

"대신, 조건이 있습니다."

그 뒤로 한동안 유진은 핸드폰을 들고 인수가 하는 말을 듣기만 했다. 전화통화를 마쳤을 때, 유진은 다시 한번 인수가 말을 잘 듣기만 하는 패가 아니라는 사실을 확실히 깨달았다. 시간을 보니 오전 11시가 막 지나고 있다. 까다로운 고객님의 조건을 맞추기 위해서는 지금부터 서둘러 움직여야 했다.

"맛있는 거 사주신다더니 왜 남의 집 옥상으로 데려와서는 다짜고짜 이런 전구를 매달라고 시키는 거예요? 여기서 캠핑이라도 하시려고요?"

민성이 툴툴거리며 손에 든 전구 줄을 옥상 둘레에 걸기 시작했다.

"아이고, 아서라. 저 악마, 아니 저 여자 말을 믿은 내가 바보다."

스피커를 설치하고 전선을 풀어 앰프에 연결하던 정후 역시 불만을 토로했다.

"두 사람 다, 입을 움직일 시간에 손을 한 번 더 움직여요."

기타와 키보드 사이에 스탠드 마이크를 세우던 유진이 민성과 정후 두 사람을 재촉했다. 두 시간 전 녹음실에 나타난 유진은 강인수·윤상이 프로젝트의 성공을 위해 자신이 한턱내겠다며 정후와 민성을 꾀어내서는 그 길로 두 사람을 차에 태우고 이곳으로 데려왔다. 그러더니 다짜고짜 정후에게는 음향을 설치하고, 민성에게는 조명을 대신할 전구들을 걸라고 명령을 내렸다. 유진의 박력에 못 이겨 일단 시키는 대로 일을 시작하기는 했는데, 영문도 모른 채 일을 하고 있으려니 당연히 불만이 생길 수밖에 없었다.

해는 슬금슬금 서쪽으로 기울어가는데, 정후와 민성은 계속해서 구시렁대며 더디게 움직이고 있었다. 이래서야 인수가 말한 시간까지 준비를 끝낼 수 없을 거라 판단한 유진은 특단의 조치를 내렸다.

"민성 씨?"

"네?"

"이거 다 민성 씨 절친인 인수 씨가 부탁한 건데, 나중에 어떻게 일했는지 확 말해버릴까?"

"네? 인수한테 연락 왔어요? 그 자식 지금 어디 있대요? 잘 지낸대요?"

흥분한 민성이 유진에게 이것저것 질문을 쏟아냈다. 유진은 손바닥을 내밀며 진정하라는 신호를 보냈다.

"지금부터 30분 안에 전구 설치 완료해요. 그럼 말해줄게."

유진의 말이 끝나기 무섭게 민성은 속도를 내기 시작했다. 정후는 유진의 뒤에서 고개를 저었다. 유진은 두 번째 목표물을 향해 다가갔다.

"자기야. 인수 씨가 나한테 그동안 작업했던 곡들을 다 넘겼는데 말이야."

그러자 정후의 손이 빨라졌다. 인수의 신곡이라니, 구미가 확 당겼다. 자신의 프로듀서 이력에 한 획을 그어줄지도 모르는 곡이었다. 한시라도 빨리 그 곡들을 들어보고 싶었다.

"오케이! 거기까지. 알았으니까 오늘 중에 내 메일로 쏴줘."

"역시 우리 자기는 내 마음을 잘 안단 말이지."

일사천리로 일이 진행되었다. 한 시간 동안 진척되지 않던 일이 20분 만에 끝났다. 악기와 마이크를 스피커에 연결하고 음향을 점검했다. 눈부시게 빨라진 두 사람의 몸놀림을 보며 유진은 해사한 미소를 지었다. 약속한 시각보다 더 빠르게 준비가 끝날 것 같았다.

유진에게 자초지종을 들은 정후와 민성은 이 자리의 주인공들을 기다리며 유진을 가운데 두고 옥상 평상에 나란히 앉았다. 평상 위에는 유진이 미리 주문해둔 치킨과 족발, 맥주까지 거나하게 차려져 있었다. 하늘이 점점 어두워지자 도시의 빌딩 조명과 옥상의 조명이 한데 어우러졌다. 빛이 빚어낸 낭만이 옥상에 가득 찼다.

6시 15분. 아직 두 사람은 모습을 드러내지 않고 있었다. 세 사람은 연신 계단 쪽을 바라보며 이제나저제나 기다렸다. 얼마나 지났을까, 드디어 인수가 옥상에 모습을 드러냈다. 상이의 손을 꼭 잡은 채였다.

"왔다, 왔어!"

호들갑을 떠는 민성, 그리고 평상 옆에 서서 웃고 있는 유진과 정후. 무엇보다 조명 빛이 가득한 옥상 풍경에 눈이 휘둥그레진 상이가 연신 주변을 두리번거렸다.

"뭐야…?"

"뭐긴 뭐야, 사랑하는 상이 씨를 위해 인수 씨가 준비한 선물이지."

농담 섞인 유진의 답변에 상이의 귀 끝이 순식간에 빨갛게 달아올랐다.

"뭐야, 뭐야. 두 사람 왜 손을 잡고 올라와?"

민성은 두 사람이 옥상에 올라올 때부터 손을 잡고 있다는 사실을 뒤늦게 깨달았다. 민성의 지적에 당황한 상이가 서둘러 손을 빼려고 했지만, 인수는 짐짓 모르는 척 상이의 손가락

사이에 자신의 손가락을 넣어 깍지를 끼우며 더 세게 잡았다. 그런 인수와 상이의 얼굴을 번갈아 바라보던 유진이 의미심장하게 웃었다.

"자자, 주목!"

유진의 말에 모두가 그녀를 바라보았다.

"지금부터 강인수·윤상이 프로젝트의 성공적인 출발을 위한 단합 대회를 시작합니다. 다 같이 박수!"

"에이, 그게 뭐예요."

야유하던 민성은 유진이 노려보자 그대로 입을 다물었다.

"나 이유진. 강인수와 윤상이 두 또라이들한테 내 인생을 걸었어. 그러니까 두 사람, 앞으로 잘 부탁해."

"나도!"

민성이 열성적으로 손을 들었다.

"야, 이거 먹고살기 더 빡세지는 거 아닌지 모르겠다."

"아니, 지금보다 더 빡세지다뇨."

정후의 말에 민성은 울컥하면서 그런 불길한 말은 하는 게 아니라며 허공에 침을 뱉는 시늉을 했다. 액땜을 해야 한다는 말을 함께 덧붙이면서. 그 모습에 모두가 다 같이 웃음을 터뜨렸다.

"어쨌든 나도 너희들 가능성 보고 온 거니까 우리 앞으로 잘해보자."

정후의 말에 인수와 상이가 고개를 숙여 감사의 마음을 전했다.

"자자, 그럼 강인수·윤상이 프로젝트 성사 기념 단합 대회의 초대 가수를 모실게요. 나와주세요."

유진의 말에 모두가 어리둥절하는 가운데 인수가 상이의 손을 잡아끌었다. 인수의 기타와 상이의 키보드가 나란히 놓여있었다. 그리고 그 가운데 마이크 한 대가 서 있었다.

"윤상이 씨, 저와 함께 무대에 서주시겠습니까?"

인수가 장난스럽게 물었다. 상이는 그런 인수를 마주 보며 활짝 웃었다.

"기꺼이."

거친 숨을 내쉬며 너에게 달려가고 있어.

따뜻하게 빛나던 그 눈빛으로. 멀리 가지는 말아줘.

우리 기억을 따라서 너와 함께 걸었던 그곳으로.

I wish for you. You're the reason.

단 한 순간도 널 놓치지 않을 거야.

I want you to believe me.

눈이 부시게 찬란한 우리 이름.

아무 말 하지 않아도 우린 느낄 수 있었지.

많은 날들을 함께할 거란 걸.

옥상에 두 사람의 목소리가 울려 퍼졌다. 듣는 사람을 마음을 따뜻하게 감싸주는 음악이었다. 인수의 시선 끝에 상이가 있었다. 상이의 시선 끝에도 인수가 있었다. 두 사람의 눈빛, 밤 하늘의 달빛, 도시의 불빛. 더할 나위 없이 아름다운 밤이었다.

"윤상이 씨, 저와 함께 무대에 서주시겠습니까?"
인수가 장난스럽게 물었다.
상이는 그런 인수를 마주 보며 활짝 웃었다.
"기꺼이."

외전

나의 마음이 너를 향해 불고 있어

파도 소리가 들렸다.

철 아닌 바닷가에는 아무도 없었다. 세찬 파도가 모래사장으로 밀려오다 하얀 포말로 부서졌다. 나는 그 모습을 보며 서울에서의 일을 떠올렸다.

"강인수 씨, 아버님 성함이 어떻게 되죠?"

"그건 왜…? 제 아버지 성함이 제가 데뷔하는 것과 무슨 관계가 있나요?"

"관계가 있죠, 아주 크더라고요. 인수 씨는 몰랐나 봐요. 우리 회사가 유성 그룹 자회사라는 거."

설마 했던 마음이 유성 그룹이라는 이름을 듣는 순간 확실해졌다. 팀장으로부터 계약을 해지한다는 통보를 듣고 처음엔 당황했다. 방금 평가회에서 데뷔가 확정된 것처럼 이야기하던 사람이 몇 분 만에 뜻을 바꾼다는 것이 이해가 되지 않았다. 자꾸 말을 돌리며 망설이던 팀장은 내가 설명을 듣기 전까지 절대 물러서지 않겠다는 단호한 태도를 보이자 결국 한숨을 내쉬며 입을 열었다.

"강 회장님께서 인수 씨가 우리 회사에서 데뷔하려는 거 아시고 연락하셨어요. 인수 씨가 우리 회사에서 데뷔한다면 출자금을 전부 빼겠다고. 인수 씨는 분명 재능이 있고, 이번 노래도 잘 나와서 나 역시 기대가 컸지만, 인수 씨 한 사람을 위해 직원 모두의 밥줄을 걸 수는 없어요."

팀장의 말에 아무런 대꾸도 할 수 없었다. 그저 솟구치는 분노를 그녀에게 터뜨리지 않도록 주먹을 꽉 쥐는 것이 최선이었다.

"하지만 팀장님···."

유진 대리가 항변하기 위해 입을 열었지만, 그녀도 마땅한 말을 찾지 못한 듯했다. 어차피 한두 번 겪는 일도 아니었다. 아버지와의 자존심 싸움에 다른 사람들까지 끌어들여 피해를 주고 싶지 않았다.

"미안해요, 인수 씨."

진심을 담아 미안해하는 팀장과 그 옆에서 안타까운 얼굴을 한 유진을 보며 이만하면 충분하다고 생각했다. 저들은 아무 잘못이 없으니까. 인수는 몸을 돌려 팀장실을 나왔다.

그길로 바로 집으로 갔다. 간단한 옷가지 몇 개를 챙겼다. 집을 나서려는데 피아노 옆에 놓인 작은 키보드가 눈에 들어왔다. 상이의 키보드였다.

"네 피아노에 비하면 좀 소박하지만, 그래도 나한테는 엄청 소중한 거야."

그랜드 피아노 옆에 조심스럽게 키보드를 내려놓던 상이의 모습이 떠올랐다. 상이가 그 키보드를 얼마나 소중히 여기는지 알 수 있었다. 집 안을 둘러보았다. 곳곳에 상이의 물건이 남아 있었다. 소파 앞 테이블에는 상이의 노트북이, 소파 위에는 상이의 후드 티가, 현관문 옆 구석에는 그가 이 집에 들어올 때 사 온 두루마리 휴지 묶음이 보였다.

"집들이도 아니고 웬 휴지?"

상이에게 방을 안내해주며 내가 물었다.

"우리 엄마가 남의 집에 갈 때 빈손으로 가는 거 아니라고 하셨어.”

“그래서 산 게 휴지야?”

“일단 너희 집에 처음 오는 거니까….”

휴지를 내밀며 쑥스러워하던 상이의 얼굴이 떠올랐다. 계약이 끝나면 상이와의 연결고리도 사라질 터였다. 옥상에서의 갑작스런 키스 이후 상이는 이곳에 오지 않았다. 나도 상이에게 먼저 연락하지 않았다. 상이에게 생각할 시간을 주고 싶었다. 그리고 나에게도 생각할 시간이 필요했다. 어차피 이 회사에서 데뷔하게 되면 매니저인 상이와도 언제든 만날 수 있을 것이었다. 하지만 계약이 해지된다면, 상이가 이 집에 함께 살 이유가 사라진다.

윤상이.

기적처럼 나타나 부족했던 내 음악을 채워주고, 외로운 마음을 감싸준 사람.

상이를 떠올리자 눈가가 와락 뜨거워졌다. 손으로 거칠게 얼굴을 비비고는 상이의 키보드에 조심스럽게 손을 얹었다.

휘갈기듯 급하게 쪽지를 남기고 집을 나서 고속버스터미널로 향했다. 남해로 가는 표를 사고 버스를 기다리는 내내 주머

272

니 속 핸드폰이 울렸다. 굳이 확인하지 않아도 상이라는 것을 알 수 있었다. 지치지도 않는지 끊임없이 울어대는 핸드폰이 신경 쓰여 결국 전원을 끄고 버스에 올랐다.

바닷가 근처에 민박집을 잡았다. 첫날엔 아무것도 하지 않고 방에 누워 잠만 잤다. 잠이 잘 오지 않을까 걱정했지만, 요며칠 녹음 때문에 신경이 곤두서 잠을 설쳐서인지 꽤 오랜 시간 깨지 않고 잠잘 수 있었다.

둘째 날부터는 아침마다 일어나 바닷가로 갔다. 하염없이 바다만 바라보며 파도 소리를 듣다가 해가 지고 나서야 숙소로 돌아왔다. 세차게 밀려왔다가 멀어지는 파도를 보고 있노라면, 마음속 아버지에 대한 분노나 원망 같은 것도 함께 쓸려나갈 것 같았다. 가수가 되고 싶다는 꿈을 반대하는 아버지의 이유는 단순했다.

"우리 집안에 딴따라는 없다. 어디서 얼굴을 팔고 다니며 집안 망신을 시켜!"

노래를 좋아하게 된 것은 할머니의 영향이었다. 젊은 시절 가수가 되는 것이 꿈이었다는 할머니는 늘 라디오를 끼고 살았다. 스무 살의 앳된 처녀는 가수가 되기 위해 가출까지 감행했지만, 결국 아버지 손에 붙들려 머리카락을 잘리고는 집안에서 정해주는 남자와 선을 봐 가정을 꾸렸다. 아버지와 남편은 그녀가 노래 부르는 것을 질색했기에, 그녀는 집에 혼자 있을 때에만 라디오를 켜고 노래를 따라 부를 수 있었다. 시간이 흘러, 그녀는 자신의 꿈을 반대하던 아버지와 남편을 떠나보냈다. 그렇게 할머니가 되어서야 좋아하는 노래를 마음껏 불러보나 싶었지만, 이번에는 아들이 반대했다.

"할머니, 할머니가 전국노래자랑 나가시면 1등은 문제없는데."

나는 라디오에서 흘러나오는 멜로디를 따라 부르는 할머니의 목소리가 좋았다. 그래서 어떤 음악프로그램이든 나가보자고 했다. 하지만 할머니는 싫다고 고개를 저었다.

"인수야, 할미가 노래를 잘하디?"

"그럼요. 할머니 노래 진짜 잘해요. 전 할머니 노래하실 때가 제일 좋아요."

"그래. 고맙다. 노래가 참 좋았는데, 평생토록 마음껏 불러본 적이 없네."

할머니는 나를 꼭 안아주며 말했다.

"우리 인수, 너는 꼭 좋아하는 거 마음껏 하고 살아. 이 할미가 꼭 우리 인수 하고 싶은 거 할 수 있게 도와주마."

할머니는 그 말 그대로 내가 좋아하는 일을 할 수 있도록 도와주셨다. 지금 사는 집도 음악에 집중하라며 할머니가 아버지 몰래 마련해준 집이었다. 할머니는 현재 폐암 투병 중이었다. 숨이 차고 기력이 쇠해져 작게 흥얼거리기도 힘겨울 지경이었다. 나는 그토록 부르고 싶었지만 한 번도 큰 소리도 나오지 못했던 노래들이 할머니의 가슴에 쌓이고 쌓여 병이 되었다고 생각했다. 그래서 내가 대신 할머니가 못다 한 노래를 마음껏 불러주리라 다짐했다. 가수가 된 모습을 보여주고 싶었던 유일한 사람이기도 했다.

음악을 하고 싶다는, 가수가 되고 싶다는 꿈을 들은 아버지는 노발대발했다.

"가수? 그렇게 가수가 하고 싶다면, 어디 한번 나가서 네 힘으로 이뤄봐. 단, 나는 절대로 너를 돕지 않을 거다."

돕지 않았다면 차라리 고마웠을 터였다. 돕지 않겠다는 말이 절대 가수가 될 수 없도록 방해하겠다는 의미인 줄은 상상도 하지 못했다. 그리고 그 방해를 집요하게 계속했다. 결국 민성의 도움으로 버스킹을 하고, 음악 영상을 유튜브에 올려 사람들과 공유하는 것이 전부였다. 이대로 아버지의 힘에 눌려 음악을 포기해야 하는 걸까. 앞으로 나아가지 못하고 늘 같은 자리를 빙글빙글 도는 것만 같아 지쳐갈 무렵, 유진을 만났다. 그리고 상이를 알게되었다.

　처음 유진을 만나던 날, 민성은 우리 인수의 가치를 알아봐 주셔서 감사하다며 꾸벅 고개를 숙였다. 그러자 유진이 미소를 지으며 말했다.

　"재미있는 친구네. 그런데 그 감사 인사는 제가 아니라 다른 사람이 받아야 할 것 같아요."

　"네?"

　"강인수의 가치를 처음 발견한 사람, 사실은 제가 아니거든요. 나중에 인사시켜드릴게요. 그 친구가 인수 씨 1호 팬이자 진짜 팬이에요. 그 친구 아니었다면 저도 인수 씨를 몰랐을 거예요. 아마 오늘 같은 날도 없었겠죠. 그러니 인사는 그 친구에게 해요."

　"그분 성함이…?"

　"상이예요. 윤상이."

　윤상이. 이름을 듣고 바로 가슴에 새겨두었다. 그리고 얼마 뒤 녹음실에서 상이와 마주쳤을 때 깜짝 놀라고 말았다. 내가 애타게 찾고 있던 바로 그 사람이었기에.

섭외팀 담당자가 민성의 카페로 인수를 찾아왔던 날. 알고 보니 그 자리는 민성과 섭외팀이 서로 연락을 주고받으며 사전에 마련해둔 자리였다. 섭외팀이 내 연락처를 구할 수 없어 곤란해하던 차에 어렵게 민성의 연락처를 알게 된 것이다.

"오늘의 이 역사적인 만남은 내 덕분이라고. 오늘 술값은 네가 내는 거다!"

민성과 술 한잔을 걸치고 기분 좋게 집으로 돌아가던 길이었다.

"어떠냐? 나의 서프라이즈. 어? 장난 아니지."

확실히 놀라운 일 중에서도 놀라운 일에 속했다. 기획사 측에서 먼저 찾아올 줄은 상상도 못 했기 때문이다.

"웁쓰! 잘 가라. 나의 강 스타."

눈물 훔치는 시늉까지 하며 과장되게 손을 흔드는 민성을 보자 웃음이 나왔다.

"뭐래. 군대라도 가냐, 내가?"

"웃어? 하긴, 내 손으로 키운 놈을 남에게 맡기는 내 마음을 네가 알겠냐?"

"네가 날 키웠다고?"

"그럼, 내가 널 키웠지! 내가 너 버스킹 영상도 찍고, 어? 밤

새워 편집해서 올리고, 응? 유튜브 채널까지 관리하고."

"그래, 그래, 네가 날 키웠다고 치자."

"어허! 이놈의 자식 말하는 것 봐라. 키웠다고 치자? 치자가 뭐냐, 치자? 내가 키웠다니까!"

그렇게 민성과 옥신각신하며 걷다가 문득 불안한 마음이 들었다.

"그나저나 이번에도 잘못되면 어쩌냐, 나는."

"야! 또, 또 재수 없는 소리 한다."

민성이 못 들을 말을 들었다는 듯, 액땜한다며 허공에 침을 뱉는 시늉을 했다. 분위기를 띄우고 싶을 때 나오는 민성의 버릇이었다.

"내가 그런 말 들으려고 여태까지 일한 줄 알아? 이 최민성이 선택한 슈퍼스타 강인수가 그딴 나약한 소리 하면, 나 진짜 네 안티 팬 될 거야! 알겠어, 인마?"

"고맙다."

"어우, 야, 뭐야. 완전 오글!"

자기의 노고를 안 알아준다고 난리 칠 땐 언제고, 어째서 고맙다는 인사 한마디에 저렇게 온몸을 배배 꼬는지 모르겠다.

"그런데 이번에도 안 되면 집으로 들어가는 거야?"

민성이 내 눈치를 살피며 슬쩍 물었다.

"몰라. 어떻게든 되겠지."

정말 어떻게든 되겠지, 라는 심정이었다. 민성도 고개를 끄덕이며 내 등을 툭툭 쳤다. 주거니 받거니 하며 걸음을 옮기는데 어디선가 음악 소리가 들려왔다. 소리가 나는 쪽으로 발걸음을 옮겼다. 공원 안쪽에서 남자 두 명과 여자 한 명이 이야기를 나누며 악기를 세팅하고 있었다. 콘트라베이스, 반도네온, 그리고 키보드. 꽤나 찾아보기 어려운 조합이었다.

밴드의 연주가 시작되었다. 가벼운 마음으로 연주를 듣다가 어느 순간 어라, 하는 느낌이 들었다. 피아노 연주자의 테크닉이 놀랍도록 뛰어난 건 아니었는데 묘하게 사람의 마음을 잡아끄는 데가 있었다. 마치 이 세상에서 오직 나를 위해 연주하는 것처럼, 속삭이듯 달콤하면서도 애잔하게 여운이 남는 소리였다. 연주자를 유심히 보았다. 호리호리한 체격에 하얀 피부, 그리고 커다랗고 동그란 눈을 가진 남자.

집에 가자고 재촉하는 민성 때문에 공연이 끝나기 전에 자리를 떴지만 그의 연주가 계속 귓가에 맴돌았다. 다음 날 저녁, 같은 장소에 가보았다. 그러나 그들은 자리에 없었다. 이후로도 틈날 때마다 그 장소를 찾았다. 어떤 종류의 끌림이었는지 알 수 없지만 애타는 느낌만은 강렬하게 남았다.

그를 다시 만난 건 기획사 녹음실 앞에서였다. 내가 다가가자 인기척에 놀라서 돌아보던 눈. 바로 그 사람. 그런데 그가 바로 유진 대리에게 나를 소개한 '윤상이'였다니. 계약 조항을 확인할 때부터 내내 궁금했던 윤상이의 이름이 유진의 입에서 흘러나온 순간, 기분이 묘해졌다. 그리고 상이가 막내 프로듀서 겸 내 매니저로 함께 거주할 거라는 말을 듣자 가슴 어딘가 간지러워졌다. 그 간질간질한 느낌의 정체가 설렘이라는 것은 뒤늦게야 알았다. 그 설렘이 특별함으로 바뀌기까지는 시간이 얼마 걸리지 않았다.

상이와 함께한 편곡의 결과물이 아주 만족스럽게 나온 날이었다. 기분이 좋아 유독 술을 많이 마셨다. 술에 취해 쓰러진 것처럼 소파에 누워 있었지만 사실은 전혀 잠이 오지 않았다. 상이의 팔이 너무 편해서 상이가 조금만 움직여도 몸을 뒤척이는 척했다. 그렇게 하면 착한 상이는 결코 팔을 빼지 않을 것을 알았기에. 눈을 감고 자는 척하다가 갑자기 놀래줄 작정이었다. 상이만 보면 장난을 치고 싶었다. 뒤에서 안거나 머리를 헝클이거나 우리 상이라고 부를 때마다 동그란 눈이 더 동그래지며 긴장하는 모습이 귀여웠다.

눈을 뜨려는 순간, 얼굴 가까이 온기가 느껴졌다. 그대로 있었다. 입술 가까이 다가온 따뜻한 기척은 곧 화들짝 놀란 기미와 함께 사라졌고, 이후 욕실에서 물소리가 요란하게 들렸다. 눈을 뜨고 나자 사라진 온기가 아쉽고 서운했다. 그리고 답답했다. 그가 왜 그랬는지 궁금하다는 마음보다 내 마음을 알지 못해서 답답했다. 당장 그에게로 가서 물어보고 싶었다.

다음 날, 꼬박 밤을 새웠는지 충혈된 눈으로 연신 내 눈치를 살피는 상이의 모습에 나는 전날 밤 일을 조용히 묻기로 했다. 한 마디라도 물어보면 도망갈 것 같아서.

상이에게 그의 집에 가보고 싶다고 말한 건 충동이었다. 상이는 내 음악을 누구보다 잘 이해하는 사람이었다. 내가 이제껏 눈치채지 못했던 부족한 부분을 채워주고 있었다. 나는 음악적 동반자이자 진정한 반쪽을 만난 기분이었다. 함께 지내는 동안 상이에 대해 점점 더 많은 것을 알게 되었다.

채소는 좋아했지만 당근은 싫어했고, 정리는 잘했지만 화장실 청소는 서툴렀다. 요리는 곧잘 했지만 국의 간은 못 맞췄다. 소심하고 부끄러움을 많이 탔지만 할 말은 했다. 그리고 한

결같은 구석이 있었다. 배려 넘치고, 따뜻하고, 상냥했다. 상이와 함께 있으면 편안했다. 무얼 꾸밀 필요도 없고 감출 이유도 없었다.

상이의 공간은 주인의 성격을 그대로 닮아 있었다. 불필요한 것은 하나도 없었다. 있어야 할 것이 모두 제자리에 있었다. 평온하고 정갈했다. 어떠한 형태로든 상이와 계속 관계를 이어갈 수 있다면 좋겠다는 생각이 들었다. 편곡이 끝나고 녹음 날이 정해지고, 평가회 일정이 잡혔다. 그것은 곧 데뷔라는 의미였다. 무서울 정도로 모든 게 순조로웠다. 그래서 막연히 불안했는지도 몰랐다.

아버지는 결코 만만한 상대가 아니었다. 자신의 앞길은 물론 상이의 앞길까지 가로막을 사람이었다. 이토록 넘치는 재능을 지닌 상이가 나와 엮이는 바람에 음악을 할 수 없게 된다면. 생각만으로도 견딜 수 없을 것 같았다.

상이가 데려간 옥상에서 바라본 불빛은 모든 불안을 날려버리고도 남을 만큼 아름다웠다. 그날, 활짝 웃던 상이를 보면서 한 가지 생각밖에 들지 않았다. 저 입술에 키스하고 싶다고. 얼마나 강렬히 원했는지, 상이의 입술이 느껴지던 순간 술에 취해 내가 먼저 했다고 착각할 정도였다. 도망친 상이를 바로 따라가지 못했던 건 싫어서가 아니었다. 벅차게 퍼져오는 내 감정을 주체할 수 없어서였다. 시간을 두고 천천히 다가가려고 부러 연락을 안 한 것이 잘못된 판단이었을까. 이후에 일어난 사건을 생각하면 거리를 둔 것이 차라리 옳은 선택일 수도 있었다. 나조차도 나를 감당하기 힘든 시간이었다. 그러니 상이만큼은 어떻게 해서든 반드시 지켜주고 싶었다.

몇 날 며칠 파도 소리를 들으며 생각을 정리했다. 내일이면 그에게로 돌아갈 터였다. 이번엔 내가 먼저 찾아갈 것이다. 늘 먼저 손 내밀어주었던 그에게, 이번엔 내가 먼저 손을 내밀고 힘껏 안아주고 싶었다.

바다 앞에서 나는 오랫동안 그를 생각하고, 생각하고 또 생각했다. 파도 소리를 따라 마음이 깃발처럼 펄럭였다. 내 안의 모든 바람이 상이를 향해 불고 있었다.

슬기로운 가마 생활

여느 때처럼 침대에서 눈을 떴다. 익숙한 천장이 눈에 들어왔다. 천천히 끔뻑끔뻑 눈을 감고 뜨기를 반복하면서 남아 있는 잠기운을 쫓았다. 그러다 문득 낯설다는 생각이 들었다. 내 숨소리 말고는 아무 소리도 들리지 않는 고요한 집. 그 사실을 깨닫는 순간 벌떡 침대에서 일어났다. 그리고 본능적으로 부엌으로 향했다.

"아, 미안. 시끄러웠어?"

인수는 나와 달리 올빼미 형 인간이었다. 이른 아침에 눈도 제대로 뜨지 못하는 모습이 거의 좀비와 같았다. 그런데 요즘 달라졌다. 아침밥을 한답시고 새벽부터 주방에서 시끄러운 소리를 내기 일쑤였다. 세 시간 걸려 아침밥상을 차리니, 입맛이 없어서 못 먹겠다는 소리를 입 밖으로 꺼낼 엄두는 내지 못했다. 오늘의 메뉴는 미역국이었다.

"맛있지?"

"강인수. 벌써 열 번째거든."

인수는 바로 앞에 앉아 싱글싱글 웃으면서 내가 한 숟갈 뜰 때마다 맛있냐고 물어보았다. 고역도 이런 고역이 없었다. 그러나 이런 일은 귀여운 수준이었다. 틈만 나면 내 머리를 마구 헝클어놓는 일에 비하면 말이다. 예전에도 인수는 내 머리를 쓰다듬거나 헝클어트리길 좋아했다. 그런데 요즘 부쩍, 거의 내 뒤통수만 노리고 있는 게 아닐까 싶을 만큼 자주, 헝클어놓고 있었다. 그래서 집에 있는 동안에는 아예 머리 빗는 걸 포기해버렸다. 도대체 왜 그는 내 머리만 보면 만지고 싶어 할까? 사건은 한 달 전으로 거슬러 올라갔다.

그날도 평소처럼 소파에 누워 인수의 무릎을 베고 누워 있었다. 오후의 햇살이 고양이처럼 살금살금 창가를 따라 움직였다. 머리를 쓰다듬는 손길을 느끼며 잠이 솔솔 들 무렵, 인수가 깜짝 놀라서 외쳤다.

"윤상이! 너 가마가 없어!"

"가마? 그게 왜?"

"'그게 왜'라니? 가마가 없다니까?"

"응. 그러니까 그게 왜?"

감았던 눈을 뜨자 인수의 동공이 마구 흔들리고 있는 것이
보였다. 그러면서 입은 헤실헤실 웃고 있으니 조금 무섭기도
했다. 세상에 가마가 없는 사람이 있다는 사실이 이렇게 놀랄
일인가. 그보다, 웃든지 놀라든지 표정을 하나로 통일해주었
으면 좋겠다.

"넌 가마가 몇 갠데?"

"두 개."

"두 개… 뭐? 두 개라고?"

이번에 놀란 사람은 나였다. 나는 하나도 없는 가마를 이 녀
석은 두 개나 갖고 있다니. 뭔가 의문의 1패를 당한 기분이었다.

"그런데 가마가 왜?"

"우리 할머니가 가마가 두 개면 장가를 두 번 간다고 했거
든."

"얼씨구. 좋기도 하겠다."

그런데 그게 내 머리에 집착하는 것과 무슨 상관이지? 다음
이야기를 기다렸지만 인수는 말은 하지 않고 히죽 웃기만 했

다. 그러면서도 내 머리를 연신 쓰다듬었다. 아, 정말, 웃든지 놀라든지 하나만 하라니까. 그렇게 생각하면서 나는 잠 속으로 빠져들었다.

 그날부터 틈만 나면 뒤통수를 헝클어 놓으며 "가마가 없어. 가마가"라고 웃곤 했다. 상황이 이 지경이 되니 언제부턴가 아예 머리를 통째로 그에게 맡겨버렸다. 내가 가마가 없는 게 그를 행복하게 한다면야. 오늘도 내 뒤통수를 헤집으며 가마가 없다는 것을 확인하는 그가 신기할 따름이었다.
 "가마 두 개 가진 놈이 하나도 없는 놈 놀리긴. 이거 원 서러워서 살겠냐."
 내 말이 떨어지기 무섭게 인수가 말했다.
 "걱정하지 마. 내 거 하나 줄게."
 "야, 그게 물건도 아니고. 무슨 지 머리에 있는 가마를 나한테 준대."
 말도 안 되는 소리에 웃음이 나왔다. 인수도 자신의 헛소리에 기가 막혔는지 실실 웃기만 했다. 화를 내야 할 상황인지 아닌지 판단하기 어려웠다. 웃을 때마다 반달처럼 휘어지는 눈 때문이었다. 그 눈에 약한 자신을 탓하며 나는 돌아누웠다.

"그런데 네 가마 진짜 나 하나 줄 거야? 그거 어떻게 줄 건데?"

인수가 말없이 머리를 쓰다듬었다. 부드러운 파도가 발목을 적시는 듯, 기분 좋은 감촉이었다. 나른한 기분이 들었다. 잠이 오려고 했다. 아마도 아침 일찍 일어났기 때문일 테고, 밥을 배불리 먹었기 때문일 테고, 무엇보다 오늘이 아무런 할 일도 없는 일요일이기 때문일 터였다. 나른하고 평화로운 일요일 오후. 따뜻한 햇볕 아래 인수의 손길을 느끼며 나는 잠 속으로 빠져들었다. 달고도 깊은 잠이었다.

"할머니가 평생 같이 살고 싶을 만큼 좋아하는 사람이 생기면 가마 하나 내어주라고 했거든. 어떻게 하는지는 나도 몰라. 살다 보면 알겠지."

인수의 목소리가 꿈결엔가 들린 것도 같았다.

부록

촬영 스틸컷

부록

악보

Wish For You

나의 마음속 너의 멜로디

위시유

초판 1쇄 인쇄	2021년 1월 21일
초판 1쇄 발행	2021년 1월 27일
지은이	물병자리
원작	성도준
편집인	이기웅
책임편집	한의진
편집	주소림, 김혜영, 곽세라
디자인	MALLYBOOK 최윤선, 정효진
책임마케팅	정재훈, 김서연, 김도연, 김예진
마케팅	유인철
경영지원	김희애, 최선화
제작	제이오
펴낸이	유귀선
펴낸곳	㈜바이포엠
출판등록	제2020-000145호(2020년 6월 9일)
주소	서울시 마포구 와우산로29마길 27 3층
이메일	odr@studioodr.com

ⓒ 2020. 무빙픽쳐스컴퍼니&이모션스튜디오

ISBN 979-11-91043-14-3 (03810)

스튜디오오드리는 ㈜바이포엠의 출판브랜드입니다.